妊娠したのは秘密ですが、極上御曹司の溺愛に墜ちて絡めとられました

m a r m a l a d e b u n k o

望月沙菜

JN052082

マーマレード文庫

目次

妊娠したのは秘密ですが、極上御曹司の溺愛に墜ちて絡めとられました

妊娠したのは秘密ですが、極上御曹司の溺愛に墜ちて絡めとられました

1　運命の赤い糸って

――こんなもので運命の相手が現れるのなら、片思いも失恋も存在しないことになるんじゃないの？

私は半信半疑でポケットから、匂い袋ほどの大きさのくすんだピンクのスエードの巾着《きんちゃく》を取り出した。

中には薄いピンク色をしたローズクォーツという石が入っている。

これはパワーストーンと呼ばれるもので、その名の通り力を持つ石だ。

例えば金運アップを望んでいる人にはタイガーアイとかシトリン、仕事運アップを望んでいる人にはオニキスやサファイアなど、石が与えてくれるパワーはそれぞれ違うのだそうだ。

よく腕に天然石のブレスレットをしている人を見かけるが、あれもパワーストーンだったりする。

アクセサリーとして身につけたり、持っているだけでも、運気をアップしてくれるという。

私もそんなパワーにあやかりたくなったのと、友人の強い勧めもあって、パワーストーンを手に入れた。

ローズクォーツは恋愛運アップのパワーストーンというのだが、内心は半信半疑。

だって石が何をしてくれるの？

私の恋人を見つけてくれるの？

そうだとしたらこんな楽なことはないけれど、世の中そんなに甘くない。

多分これは一種のお守りのようなものなのだろう。

だけど今の私には、それでもいいから縋《すが》ってみたい気持ちがあり、勢いで買ってしまったのだった。

とは言っても何万円もするような高額なものではなく、お手頃価格なものを購入したため期待感はやや薄めだった。

だけど実際これを持っていると、価格以上の成果を求めてしまう。

「もっと高いのを買っておけばよかったのかな〜」

残念ながら今のところ効果は全く感じられない。

でもこの石を初めて目にした時、ピンとくるものを感じたんだけど……。

気のせいだったのかな。

私は巾着を強く握りしめ、この石との出会いを思い出した。

遡《さかのぼ》ること十日ほど前。

「私はね、前々からあの男は何かあるって思っていたのよ」

友人の青野由美《あおのゆみ》は腕組みしながらうんうんと頷いた。

私は一年付き合った彼と別れたばかりで、通算四度目の失恋だった。

あまりの恋愛運のなさに身も心もズタズタの私を元気付けるために、由美が飲みに誘ってくれたのだ。

でもまさか由美がそんなふうに思っていたとは知らず、私は全身の力が抜けた。

私、芦原《あしはら》つぐみは玩具会社「斗衣樹《といず》」のガールズ事業部で働く二十七歳。

女子向けのキャラクターグッズのデザインや企画を受け持っている。

私はかわいい服が似合う由美とは違い、カジュアルで動きやすい服を好んでいる。

ミディアムロングの髪の毛を下ろしているがそれも本当はあまり好きじゃなく、仕事中などはいつも一つに束ねている。

そんな私だけど小さな頃からかわいいキャラクターが大好きで、趣味は推しのキャラクターグッズ集めだった。

特に斗衣樹のキャラクターが大好きで、いつか私もみんなに愛されるキャラクターを作りたいというのが子供の頃からの夢だった。

そんな私が憧《あこが》れていたこの会社で働けることになった時は、一生分のラッキーを使い果たしたかもなんて思ったりしたものだ。

だけどそれはあながち間違ってはいなかったようで、プライベート……特に恋愛に関しての私は、まさに苦難の連続だった。

最初の彼氏には三股かけられ、次の彼氏はお金にだらしない人だった。

その次に好きになった人はすごくセレブな人だったが、自分とは住む世界が違いすぎた。

そこで由美に相談したところ、

「あの男は絶対ダメ。妻子持ちだよ」

と教えてくれて、危うく不倫するところを救われた。

それにしても、由美にはわかっていて、なぜ自分は見抜けなかったのだろう。

自分の思いを優先して周りが見えなくなったりするから？

相手を信じすぎるからなの？

自分が好きになる人も向こうから好意を持ってくれる人も、いわゆるダメ男。

だけど一番ダメなのは私自身なのかもしれない。

だから恋愛するのが怖くてしばらくは仕事に没頭した。

そもそも仕事も恋愛もうまくいく人なんてそんなにいないだろうし、大好きなことを仕事にできている時点でこれ以上の贅沢《ぜいたく》を望んではいけないのかもしれない。

ところが出会ってしまった。

しかも運命を感じるような相手に……。


出張帰りの空港の手荷物受け取り所で、私が間違ってキャリーケースを受け取ってしまったのが彼との出会いだった。

彼は営業職で、私と同じく出張帰り。

私がキャリーケースを取り違えたとも知らずに歩いていると、彼が追いかけてきた。

事の重大さに驚き謝る私に彼は、

「そんなに謝らないで。もしかしたら僕の方が取り違えていたかもしれないのだから」

と微笑《ほほえ》んだ。

なんて寛大な人なんだろうと感心していると、ギュ～っと私のお腹が鳴ってしまった。

恥ずかしさで顔を上げられず下を向いていると、

「実は僕もお腹が減ってるんですよ。ここで会ったのも何かの縁。よかったら何か食べに行きませんか？　ここの空港内に美味《おい》しいラーメン屋があるんですけど」

と言ってくれた。

「ぜ、ぜひ」

私は即答していた。

正直彼はイケメンではなかった。

身長も高くないし、体型もちょっと太め。

でも笑った顔がとても穏やかで、例えるとしたらクマのぬいぐるみのような雰囲気を持っていた。

包容力がありすごく気が付くマメな人で、空気が読めて、知識も豊富。

趣味が食べ歩きでいろんな店を知っていて、私を飽きさせなかった。

こういう人と結婚したら幸せになれるんだろうな、と私は思わずにはいられなかった。

もちろん今まで付き合ってきた男性とは全く違うタイプ。

見るからに、浮気など絶対にしそうにない感じだった。

だから運命を感じたのかもしれない。

だけど、それこそが私の勝手な思い込みだった。

実際付き合うようになるまでの日数はそう長くはかからなかった。

一緒にいると笑いが絶えず、私は自分にとってこれが最後の恋になるんだと、一人で浮かれていた。

書店に行くとつい結婚情報誌に目が行き、気づいた時にはレジに並び、私は彼と共に歩む未来を一人描いていた。

だが、私の男運の悪さは健在だった。

私たちはお互いのマンションを行き来し、二人でキッチンに立ってご飯を作ったりしていた。

スペアキーもそれぞれ持っていて帰りの早い方が先に部屋で待っていた。

だけど一つだけ決まり事があった。

彼の家に行く時に、会う約束をしている時は自由に部屋に入っていいが、それ以外の日などいきなり来ないでほしいということだ。

彼はよく私にサプライズ的なことをしてくれたが、彼自身がサプライズされることは苦手だった。

私は自分だけ良くしてもらってばかりで気が引けたけど、彼が嫌がることはしたくなかったので、私も、そういうことは一切しないように心がけた。

他にも決まり事とまでは言わないが、彼と会う日は決まって同じ曜日だった。

この時の私はそのことを疑問に思ったことなどなかった。

だが由美にそのことを話すと、

「本当に大丈夫なの？　決まった曜日しか会わないとか、アポなしで部屋に行っちゃダメとか……つぐみの部屋へは自由に来ているんでしょ？　なんか怪しい臭いがする」

と不安がられた。

もちろんその時は彼のことを完全に信じきっていたから、なぜ由美がここまで心配しているのか全くわからなかった。

だけど由美の不安は的中し、その日は突然やってきた。

私がいつものように約束の日に彼のマンションに行くと、中から彼以外の笑い声が聞こえた。

鍵はかかっておらず、玄関には女性の靴。

能天気な私は、彼のお母さんが来ていると思ってしまった。
いつものサプライズで、彼が私をお母さんに紹介してくれる？
もしかして結婚秒読み？
なんて考えてしまったのだが、そうじゃなかった。
リビングを横切る女性は私と同い年ぐらいで、パジャマ姿。
しかも丈の短いパンツ。
——誰？
玄関で立ち尽くしていると、パジャマ姿の女性は私に気づいて足を止めた。
すると奥の方から「どうかした？」と尋ねる彼の声が聞こえた。
女性は私を見ながら「お客さん？　みたい」と呟《つぶや》いた。
「え？　お客さん？」
そう言いながら顔を出した瞬間、私と目が合い彼の顔が一瞬で強張った。
そして彼は視線を泳がせながら、
「俺のいとこだよ」
と答えた。
——いや、いとこじゃないでしょ。

突っ込みたい気持ちを抑えて黙って後ろに下がり、ドアを閉めた。

頭の中は彼の放《はな》った『俺のいとこだよ』という言葉で埋め尽くされていた。

と同時に由美の言葉の意味を理解した。

サプライズされるのは嫌いだとか、約束の日以外は来るなというのはこういうことだったんだ。

都合のいい解釈をしていた自分が惨《みじ》めで恥ずかしかった。

朦朧《もうろう》としながら帰宅すると同時に、彼から電話がかかってきた。

彼はこんなことになったのを謝るわけでもなく、

『君が約束した日を間違えるからだよ』

と私を責めた。

「約束を間違えたのはあなたの方じゃないの？」

私が反論すると、自分が曜日を間違えたことに気づいたのか沈黙が流れた。

だけど、彼が約束の曜日を間違えたことで、私は一人の女性の存在を知ることができた。

バレなかったらいつまで続けるつもりだったの？

正直どっちが本命だったなんて知りたい気もしなくて、無言で電話を切った。

彼との結婚を夢見て、結婚情報誌が愛読書になっていたのに……奈落の底に落とされたような気分だった。

心底男を見る目のない自分に、悔しさと情けなさと滑稽《こっけい》さに、私は涙を流しながら笑った。

これが先日別れた元カレの話。

「由美が心配してくれていたのに私は全く耳を傾けなかった。もう最悪」

テーブルの上に並べられた料理を食べる気力もなく項垂《うなだ》れる私に、由美は豚串を差し出した。

「恋なんてそういうものじゃないの？　でも終わったことをくよくよ悩むなんて時間の無駄。どうせここ二、三日ろくに食べてないんでしょ？　ここの豚串はすごく美味しいから食べてみなさい」

無理やり押しつけられ、仕方なく口に入れる。

由美の言う通りだった。

ネギの甘みと、赤身と脂身のバランスが絶妙な三枚肉。

味付けの塩コショウからほんのり香るのは、まさしく黒トリュフ。

「……悔しいけど美味しい」

「でしょ？　たくさんあるから食べてさっさとあんな男のことは忘れなさい」

由美は見た目がお嬢様っぽいのに中身は男前。

彼女が男だったらどんなによかったことか……。

っていうかできることなら、結婚を夢見て結婚情報誌を見ながらニヤニヤしていたことを記憶から抹消したい。

そんなことを口に出し嘆く私を見て由美は、

「じゃあ、新しい恋をするしかないんじゃない？」

と言った。

確かに新しい恋で上書きするのが一番だろうけど、そう簡単に新しい出会いなどないし、今は正直恋をすること自体怖い。

「しばらくは恋愛なんて無理。今は仕事に生きようと思ってる」

嘘《うそ》ではない。

実際に、元カレと付き合う前の一年ぐらいは仕事に没頭していたけど、それはそれで充実していた。

誰かを好きにならなければこんなに苦しい思いなどしなくて済む。

「もう、何言ってるの。つぐみはいつも極端なんだから」

何を言われてもいい。

だってきっと次の恋だってうまくいきっこないし、それがわかっているから恋愛するのが怖い。

すると由美がバッグから小さな巾着袋を出し、中身を取り出した。

「ねえ、これなんだかわかる？」

それは薄いピンク色の綺麗《きれい》な石だった。

「石？」

「まぁ石ではあるんだけど……ローズクォーツって聞いたことない？」

「ん～名前は聞いたことあるような……」

雑誌か何かでその存在は知っていたが、用途などは知らなかった。

すると由美はローズクォーツを握りしめながら話し始めた。

「じゃあローズクォーツのことは置いといて、つぐみ、赤い糸って知ってる？」

かなり話が飛んでるのでは？　と思いつつも答える。

「赤い糸って運命の相手とかだよね？」

今の私には無縁な言葉だ。

「正解。じゃあ黒い糸って知ってる？」

「黒い糸？　何それ」

初めて聞く言葉にピンとこず、首を傾《かし》げる。

「簡単に言うと赤い糸とは真逆の意味を持つの」

「え？　それって……」

「うん、付き合ったりしちゃうと騙《だま》されたり、裏切られたり――」

「それって私……じゃない？」

由美は黙って大きく頷いた。

「いやいや赤い糸はわかるけど、黒い糸なんて迷信だよね。そもそも聞いたことないよ。私をビビらせて新しい彼氏を早く見つけなさいって言いたいんでしょ？」

疑いの眼差《まなざ》しを向ける私だが、由美は視線を逸《そ》らすどころかその大きな目で私を見つめ返す。

「迷信なんかじゃないよ。見えないだけで赤と黒の糸は存在するの」

「まさか～」

それでも信じられない私。

「信じる信じないはあなた次第っていうしね。私も最初はそう思った。だけど、つぐみの付き合う男性ってろくなのいなかったでしょ？　それが全部黒い糸の特徴に当てはまるのよ」

「え？」

三股、お金にだらしない、不倫未遂、そして今回の二股。

由美の言う黒い糸というのに全て当てはまる。

ということは、私は毎回黒い糸の相手を好きになって、最悪の終わりを迎えていたんだ。

私は今までもこれからもそういう男性に惹《ひ》かれて、運命の赤い糸はぐちゃぐちゃに絡んで一生見つけられないの？

もう最悪なイメージしか湧かない。

「だったら尚更仕事に生きる。恋愛はもういい」

私は手に持ったレモン酎ハイを勢い良く飲むと、諦《あきら》めるように力なくテーブルに置いた。

だが、そんな私に由美は、

「ちょっと待ってよ。本題はこれからなんだから」

そう言ってさっきのピンク色の石、ローズクォーツをテーブルの上に置いた。

「実はね、この石を持って十日目に彼と出会って、付き合うようになったの」

由美には付き合って一年半になる彼氏がいる。

先日、その彼からプロポーズされて二人は来年結婚するのだ。

「ええ？　たまたまなんじゃないの？」

正直信じ難い言葉だった。

「そう言うと思った。でもね……」

由美とその彼の出会いは、友達の紹介とかマッチングアプリで探したとかいうものではなかった。

電車の事故で、由美の乗っていた電車が駅ではないところで緊急停止をした。

その時隣に座っていた男性が彼なのだ。

満員とまではいかないが、たくさんの人が乗っている上、いつ運転が再開するのか見通しが立たず時間だけが過ぎ、次第に由美の気分が悪くなってきた。

その時に彼が由美の異変に気づいて、声をかけてくれたのだ。

それから間もなく二人は付き合うことになったのだが、由美は彼とのドラマチックな出会いはこの石のお陰に違いないと言った。

黒い糸ばかり引き寄せてしまう私には信じ難い話。

由美は私の反応に、信じるか信じないかは話を聞いて判断すればいいと前置きをしてから、この石の持つ力の説明を始めた。

淡いピンクの石、ローズクォーツは紅水晶《べにすいしょう》とも呼ばれている。

パワーストーンとして使えば恋愛事にそのパワーを発揮するといわれている。

例えば新しい出会いや恋人が欲しい人、失恋の傷を、癒《いや》したい人。

女性として内面を輝かせたい……そんな人にもおすすめで、別名ラブストーンとも呼ばれているらしい。

だがローズクォーツならどれを持ってもうまくいくというわけではない。

「人に相性があるように石にも相性があるの」

「相性？」

「そう。例えばね、私がこの石をつぐみに貸したところで大きな成果は望めない」

「そうなの？」

由美はドヤ顔で頷いた。

「自分でこれだってピンとくる石との出会いが大事なの」

由美が選んだローズクォーツは占いに使う水晶のように丸くて大きなものではなく、手で握れるくらいの小ぶりなもので、ピンク色のかわいい石という感じだ。

実は由美自身も手に取るまでは半信半疑だったらしいのだが、お店でこの石を手に取った時、もしかしてって何かを感じたのだそうだ。

「だから押しつけはしないよ。でもつぐみにつきまとう黒い糸を断ち切って、絡みまくった赤い糸が解《ほど》ければと思って教えたの。身につけるかどうかはつぐみ次第だよ」

そう言って由美は私にショップカードを差し出した。

「ここの店員さんはグイグイ押しつけたりしないから、見るだけでもおすすめだよ」

「あ、ありがとう」

由美には悪いが、好きになった男性全員が黒い糸だったのかもしれないことへのショックが大きくて、パワーストーンの魅力は全くピンとこなかった。

それから数日間、私は新しい出会いを求めてまた黒い糸を捕まえてしまうのなら仕事に精を出す方がいいと、がむしゃらに働いた。

だって仕事は裏切らないから。

しかも、先月提出したキャラクター案が無事通って、新たなプロジェクトが始まろうとしている矢先だった。

やっぱり恋より仕事。

恋も仕事も掴《つか》もうというのがそもそもの間違いで、仕事で成功しろと神様が言っているんだと、そう自分を納得させた。

そんな時、元カレからメールが届いた。

二股が発覚して以来一度も連絡などなかったのに今頃なんだろう。

メールの件名には《ごめんね》。

何に対してのごめんなの？

まだ何かを期待しているの？

不安でゴミ箱に捨てようかと思ったが、モヤモヤしたままなのはもっと嫌だから、仕方なくメールを読むことにした。

メールの内容は、まさに開いた口が塞がらないといったものだった。

私とのことが彼女にバレたことで自分は一人ぼっちになった。

空港での出会いは運命で、あの時私を選ぶべきだったのに一瞬の気の迷いで選択ミスをしてしまい、本当に大切にしなきゃいけない運命の人を傷つけてしまった。

だからもう一度チャンスが欲しい。ヨリを戻したい。

というメールだったのだ。

こんなメールで私が喜ぶと思っているのかと思うと、悲しいやら情けないやら。

自分勝手もいい加減にしてほしい。

やっぱり由美の言う通り、私は黒い糸を手繰《たぐ》り寄せてしまう性質なのかもしれない。

《もう元には戻れません。さようなら》

と短い返事を送ると、彼からの着信を拒否設定した。

そして気持ちを新たに仕事に生きると決めたつもりだったのだが……。

仕事を終え、私物をバッグに入れていると、由美からもらったパワーストーンのショップカードに気づく。

今はまだ新しい恋は望んでないけど、黒い糸が近づかないような、魔除け的な石とかもあるのかな？

元カレからの連絡は懲《こ》り懲《ご》りだし、ちょっと何かに守ってもらいたいという気持ちが湧いてきた。

でも由美の話を全て信じたわけではない。

そもそもパワーストーンで人生が変わるなら、みんな持ってるだろうし、私だって、ここまで苦労はしない。

いまだにパワーストーンに半信半疑な気持ちを抱いていたが、それでも私の足は自宅ではなく、由美が紹介してくれたお店の方へ向かっていた。

会社から歩いて十分ほどの雑居ビルの一階にその店はあった。

宝石の原石のようなゴツゴツした石などがたくさん飾られている入りにくそうなお

店だろうと想像していたが、その予想はいい意味で裏切られた。

白壁のナチュラルな外観。

店の前に並べられたユーカリやオリーブの鉢植えは、パッと見アクセサリーショップや雑貨屋さんのようで、入りやすい感じだった。

本当にこの店が由美のいうパワーストーンのお店なのかと、店の名前を確認したが間違ってはいない。

しかも店の窓に目をやると、店内は若い女性たちで賑《にぎ》わっている様子。

これならもし気に入ったものがなくても店から出やすいかもと、気持ちが楽になった。

するとその時二人組の女性が私の前を横切り店に入っていったので、私も便乗《びんじょう》するように店に入ってしまった。

暗い店内だろうと想像していた私。

でも実際はその真逆で店内はとても明るく、ピンクやグリーン、ブルーなどの綺麗な石が並び、アクセサリーも充実していた。

さっきまでのパワーストーンに対する不信感なんてどこへやら。

綺麗な石やアクセサリー類に目を奪われ、私は完全に本来の目的を忘れそうになってしまった。

店内を見回していると、カウンターでスタッフとお客さんが真剣に話をしている姿が目に入った。

よく見ると石の配置を相談しているようだ。

このお店では、自分の好きな石でブレスレットを作ることができるらしい。

カウンセリングを受けて自分に必要なパワーストーンを探してくれるサービスもあるようだ。

だけど私はそこまでして探すほどではないし、まだ心の中ではパワーストーンで運気が上がるとは信じられなかった。

だからスタッフに相談どころか、むしろ声をかけないでほしいとさえ思いながら店内をぐるっと回っていた。

もちろん店内は雑貨屋さんみたいでとてもかわいい。

でも私にはまだハードルが高い。

やっぱりこういうのは勧められたから買うのではなく、本当に自分が欲しいと思わなければ買ってはいけないような気がする。

――やっぱり帰ろう。

そう思いながらふと横を見た時だった。

『恋を呼ぶローズクォーツ入荷しました！』

と書かれたポップの下には、小ぶりの籐籠《とうかご》の中いっぱいに入った様々な形をしたピンク色の石。

その中で一つの石に目を奪われた。それは特別かわいい形をしたものでもなく、どちらかと言えば歪《いびつ》な形をした石だった。

ただ色がとても綺麗なパステルピンクで、大きさもちょうど私の手に収まるサイズだった。

手に取ってみるが、パワーを感じるとかそういった変化は特にない。

だけど、直感というのだろうか。

この石を見た途端、勝手に手が動いていた。

他にも濃いピンクや紫に近いピンク、すごく薄いピンクなど微妙な色の違いはあったのだけれど、自分の選んだもの以外目に入ってこなかった。

もしかして由美が言っていたのはこういうことなのかもしれない。

「気に入った石が見つかったみたいですね」

若い女性スタッフに声をかけられた。

でもそう言われても、本当にそうなのかちょっと自信がない。

「そう……なのかな？」

首を傾げる私に女性スタッフが、ニコッと微笑んだ。

「パワーストーンってなんでも持っていればいいってものではなく、相性があるんです」

「はあ……」

由美も同じようなことを言っていた。

「この石を手に取った時に、これだって思いませんでしたか？」

「理由はわからないんですけど、パッと見た時にあっ！　って思って、実際に手に取ったらこれだって思いました」

「でしたら、その直感を信じてください」

――買っちゃった。

後悔はしていない。

でも満足感より不安が大きいというか、戸惑《とまど》いは消えてはいなかった。

その理由の一つは値段。

何万円もするような高額なものではなかったからだ。

この値段で私の恋愛運が劇的にアップするのかな？　って思うほど、お手頃すぎる価格だった。

でも由美はそれでハッピーエンドを迎えた。

ちょっとぐらい期待してもいいのかな？

そう思いながら私はこの日から肌身離さずこの石と共に過ごすことになり、現在に至るのだった。

だけど変化は全くない。

期待しちゃいけないけど、持っていれば欲深くなってしまうのだろうか……。

「先輩！　行きますよ」

後輩が振り向き私を手招きした。

「は～い」

実は今日、後輩が寿退社するということで、部署の女子だけの飲み会があるのだ。

私のいるガールズ事業部は結婚しても仕事を続けている人が多く、寿退社も三年ぶりぐらいだ。

でもみんな私より先に結婚している。

普段はさほど思わないけど、こういうことがあると自分の将来に焦りが出てしまう。

――本当にこの石が私を運命の赤い糸まで導いてくれるのだろうか……。

今日の主役である後輩は、目がくりっとしたかわいらしい子で、私たちの部署ではマスコット的存在だ。

正直彼氏がいたなんて素振りは全く見えなかった。

そんな彼女の寿退社に私たちの驚きは半端なかった。

送別会の話題はもちろん、婚約者との馴れ初め。

婚約者とは高校の時からの付き合いだそうで、これにも周りはびっくりした。

「高校から？　じゃあ、今までその彼以外誰とも付き合ったことはないの？」

興奮気味に尋ねる別の後輩に、彼女ははっきりとした口調で、

「はい」

と答えた。

私は一人の男性を愛し続け、その人とゴールインする彼女をすごく羨《うらや》ましいと思った。

だって彼女はすでに高校の時に赤い糸を見つけていたんだから……。

それに引き換え私ときたら四連敗。

急に現実を突きつけられたようで虚しくなってきた。

するとどういうわけか、話題は後輩から私に向けられた。

「私の次はつぐみ先輩なんじゃないんですか？」

主役の後輩が、満面の笑みを浮かべている。

「え？」

なんで話題が私になるの？　と驚いているうちに、周りの視線が私に集中した。

「先輩、彼氏いますよね？」

「私見たことある」

「え？　どこで？」

「会社の外。あれって彼氏さんが先輩を迎えにきていたんですよね。ちょっと遠巻きだったからはっきりと顔は見えなかったんですけど～」

後輩がニヤニヤした顔で私を見ている。

そういえば……そんなことがあったかも。

後輩の一人に彼と一緒のところを見られたみたいで、次の日に、彼氏だって言ったことを思い出した。

確かにあの時は彼氏だったけど、状況は変わった。

今思えば彼との思い出全てが黒歴史だ。

それでもこんな時に別れたなんて言ったら、雰囲気をぶち壊しかねない。

そう思って苦笑いでごまかした。

そして話題は再び主役に戻った。

むやみに彼氏の存在を言うものではないと私は実感した。

そういう点で、彼女は結婚が決まるまで何も言わなかったんだから大人だなと思う。


大盛り上がりで終わった送別会。

「えー？　先輩行かないんですか？」

お約束のカラオケ。

いつもなら必ず参加する私だけど、なんか失恋ソングばかり歌ってしまいそうで今回は不参加。

「ごめん。この後人と会う約束があって」

嘘です。

そんな約束ありません。

だけど、みんなは人と会うというのがデートだと思ったらしく、

「先輩だけズル～い。私も新しい彼氏欲しい」

「やっぱり先輩もゴールイン間近なんじゃないんですか？」

といじられてしまった。

下手なことを言うと余計なことになりかねないので聞き流し、店の前で解散した。

だが、まっすぐ家に帰る気になれなかった。

というか、帰っても一人が寂しい。

それにいつもなら楽しいお酒も、今日は素直に楽しめず、飲み足りない気分だったからだ。

だけどそんな思いとは裏腹に、私の足は自宅に向かっていた。

最寄りの駅で降り、家で飲み直そうと思い近所のコンビニエンスストアへ向かって歩いている時だった。

コンクリート打ちっぱなしの雑居ビルの前で私の足がピタッと止まった。

このビルは三階から上が設計事務所や会計事務所などのオフィスで、二階にイタリアンレストラン、一階がバーという造りになっている。

二階のイタリアンレストランは三回ぐらい入ったことがあるが、一階のバーは一度も入ったことがない。

前からずっと気にはなっていた。

重厚《じゅうこう》な一枚板のドア、店名が書かれた看板と、それを照らす小さな間接照明。

一人で入るには勇気がなく、いつも素通りしていた。

だけど、今日の私は素通りしなかった。

店のドアが開き、男性と女性のお客が店から出てきた。

男性は私が店に入ると思ったのか、ドアを閉めずに、

「どうぞ」

と声をかけてくれたのだ。

この展開で違いますとは言えなかったのと、この店に入れるチャンスをここで逃したくないのもあって、

「ありがとうございます」

とお礼を言って入れ違うように店に入った。

ガチャっとドアが閉まる音に、一瞬たじろぐ。

細長い煉瓦《れんが》造りの通路を歩きながら、どうしようというドキドキでいっぱいだった。

勢いで店に入ったけど、一人でお酒を飲むことはもちろんのこと、バーに入ったことも今日が初めて。

店内を照らすのは薄暗い間接照明と各テーブルに置かれたキャンドルのみ。

カウンターの後ろには色とりどりのリキュール類が並び、バーテンダーが軽く会《え》釈《しゃく》しながら私を迎え入れた。

まさに私がイメージしていたままのお店だった。

テーブル席の半分以上が埋まっており、カウンターの端にも一組、一人で飲んでいる人もちらほらと。

勢いで店に入ったものの、お客が自分一人しかいなかったらどうしようと思っていた私は、内心ホッとしていた。

するとホールスタッフの一人が声をかけてきた。

「いらっしゃいませ。お一人ですか？」

「は、はい」

「カウンター席でもよろしいでしょうか」

お一人様バーが初体験なのにいきなりカウンター席？

私にはハードルが高すぎると思ったが、テーブル席がいいとも言えず、素直に従った。

慣れないカウンターチェアに座るとバーテンダーがおしぼりを差し出した。

「いらっしゃいませ。ご注文がお決まりになりましたら、お声をおかけください」

私がメニューを受け取ると、さっとその場から離れる一歩引いた接客。

それに比べて年齢は大人だけど、大人になりきれていない私。

とりあえず、何か一杯飲んだらお店を出よう。

ジントニック、マティーニ、ソルティドッグ、モスコミュール、モヒートなど私の知っているカクテルの名前がずらりと書かれたメニュー。

そしてその横には、アルコール度数の高いものに印がついている。

このメニュー表は女性に優しいと感じた。

というのもカクテルは見た目以上に度数の高いものが多く、お酒が弱い人が飲んで足腰が立たなくなることがある。

といっても、私の場合は父親譲りの酒豪。

ちょっとやそっとじゃ酔ったりしない。

それに飲む量はコントロールしているので、今まで人に迷惑をかけるような飲み方はしたことがない。

そんな私だが、一度だけ酔っぱらったことがある。

体調が悪かったにもかかわらず、同期会に参加した時に酔ってしまったのだ。

その時のことは正直思い出したくない。

普段はビールや酎ハイばかりで、カクテルは数えるほどしか飲んだことがない。

居酒屋メニューのモスコミュールぐらいだ。

とにかく、せっかく憧れのバーに来たのだからビールはやめて、カクテルを飲むということだけ決めた。

だけど実際このたくさんのメニューの中からどのお酒を選べばいいのか悩んでしまう。

メニューに穴が開きそうなほど真剣に見ていると、気になるカクテルを見つけた。

映画のタイトルと同じ名前のカクテルだ。

古い映画だが、父がこの映画が好きでよくレンタルしていて私も何度か観たことがある。

「お決まりですか？」

「あの……テキーラサンライズをお願いします」

「かしこまりました」

注文を決めたけど、実際にどんなお酒かはあまりわかっておらず、でも聞くのも恥ずかしくてスマートフォンで検索してみた。

テキーラにオレンジジュースとグレナデンシロップを合わせた甘いカクテル。

グラスの下に沈んだグレナデンシロップの赤とオレンジジュースが朝焼けの空の色を思わせる。

テキーラベースだからアルコール度数は十二度から十八度と少々高めだけどオレンジジュースがテキーラを感じさせないとのことだった。

オレンジジュースが入っているのなら大丈夫。

と勝手な解釈をしていると、

「お待たせしました」

私の目の前にお酒が差し出された。

タンブラーになみなみと注がれたカクテル、その縁にカットしたオレンジが飾られて見た目はジュースのようだ。

一人でバーに入った記念の一杯だ。

次にこの店に来ることがあるのなら大切な人と一緒がいいなと思いながら、心の中で、

「大人への第一歩おめでとう。そして頑張れ私」

と自分にエールを送りカクテルを飲んだ。

——美味しい。

テキーラが入っているものの、オレンジとグレナデンシロップの甘さが引き立っているので、ついついジュース感覚で飲んでしまう。

一人でお酒を楽しむほどの余裕のない私の飲むピッチはビール並みに早くなっていたようで、グラスの中のカクテルはあっという間に残り三分の一程度までになっていた。

でもこのままチビチビ飲んでも間が持てないし、もうちょっと大人になったら改めてここに来よう。

私は残りのお酒を飲み干し、お会計をしようとバーテンダーの方を見た。

するとどういうわけか目の前に同じカクテルが差し出された。

「え?」

オーダーしてないし、帰ろうと思っているのになんで?

オーダーミスですよと訴えるようにバーテンダーを見ると、

「あちらの方からです」

私から少し離れた席で飲んでいる男性からの奢《おご》りだと言う。

こんなことってドラマの中だけのことなんじゃ?

「あの……いいんですか？」

大人の女性ならきっと「ありがとう。いただきます」って言うのだろうけど……。

するとバーテンダーに小さな声で、

「お礼ならあちらのお客様になさっては？」

と言われた。

確かにその通りで、私は思わずカウンターチェアから降りて頭を下げた。

「ご馳走《ちそう》していただきありがとうございます」

そしてもう一度頭をぺこりと下げた。

するとクスッと笑う声が聞こえた。

「頭を上げてください。あなたがとても美味しそうに飲むからつい……迷惑だったかな？」

本当にドラマみたい。

ゆっくりと顔を上げ、男性の顔を見て私は再び驚いた。

スーツを着た男性は端正《たんせい》な逆三角形のフェースラインに、スッと伸びた鼻筋、鋭く大きなくっきりとした目。そして綺麗な弧を描く唇。

稀にみるイケメン。

——どうしよう。ドキドキしちゃう。

「め、迷惑だなんて……お言葉に甘えていただきます」

ぎこちなくカウンターチェアに座り直すとタンブラーを自分の方に引き寄せた。

だけど、さっきまでとは違う緊張が走る。

だって男性がカウンターに頬杖をつきながら私を見ているのだから。

超がつくほどのイケメンにお酒をご馳走になってるって、夢でも見ているんじゃないかしら？

でもこれは夢じゃない……ということはまさか！

私はバッグに視線を移した。

この中に例のパワーストーンが入っている。

この石が運命の赤い糸を引き寄せた？

いやいや、そんなわけはない。

そもそも彼が赤い糸かどうかもわからない。

黒い糸かもしれない。

だって今までの経験からすると、そんな簡単に運命の相手を引き寄せてくれるなんて考えられない。

慎重になれ！　泣きを見る前に現実を見ろと、心の中の私が助言する。

だけど感じる。

男性がずっと私を見ている。

「あの……その……じっと見られると恥ずかしいです……」

「あっ！　ごめん。君が本当に美味しそうに飲むから、つい見入ってしまって」

「え？」

これは褒《ほ》められているの？

それとも口説かれてるの？

今までの失敗例が蘇り、どう接したらいいのかわからなくなる。

私ってそんなに美味しそうに飲んでるの？

鏡でもない限り確認できないし、ここは素直に喜ぶべきなのだろうかと頭の中で答えを導こうとしていた。

「じゃあ、隣に座っていい？」

彼は私の席の隣を指さした。

この状況に全く心が追いついていないと言うのに、男性は次から次へと私を困惑《こんわく》させる。

と、隣？

どうしよう。

でもご馳走になっておきながらノーとは言えないから、素直に受け入れるべき？

けれど彼が私にとっての黒い糸かもしれない。

どうしたらいいの？

と考えているうちに男性はすでに私の隣に座っていた。

バーテンダーが表情も変えず、彼が飲んでいた飲み物を前に置いた。

「え？」

びっくりして思わず声をあげてしまう。

「もしかして警戒してる？」

私は本能的に頷いていた。

「すみません。初対面の方からお酒をご馳走になったり、こういうお店に一人で入ったのも初めてで、どうしたらいいのか戸惑ってしまって……」

でも彼は嫌な顔一つせず頷いた。

「普通は誰だってそうだよ。だから正直に言うよ。下心でプレゼントした」

彼の満面の笑みに私は固まった。

「下……心？」

「純粋にお酒を飲みながら君と話がしたいってこと」

「はあ……」

この人一体何者なんだろう。

イケメンだからっていつもこうやって女性を口説いているのかな？

「もしかして、いつもそうやって女性を口説いていると思ってる？」

「い、いえ……」

どうしよう。心の声ダダ漏れだった？

「安心して。声をかけた女性は後にも先にも君が初めてだから」

彼はまっすぐ私を見つめ、断言するような口調で言った。

彼の言葉に私は再びパワーストーンの存在を思い出した。

もしかしてこのピンクの石が運命の赤い糸を引き寄せた？

まさか彼が私の赤い糸？

でも声をかけられたからと言って、彼が赤い糸とは限らない。

だけど、今まで素通りしていた店に偶然入ったことや、初対面の男性との出会い。

パワーストーンの力だと思ってしまいたくなる。

「わかりました。一緒にお酒を飲む程度でしたら」

私ったら、こんなイケメン相手になんて上からな発言をしているの？

それなのに彼は笑顔を崩さず、

「ありがとう」

とお酒を飲んだ。

男性は出張で東京《とうきょう》に来ていた。

彼にときめいてしまったが、よく見ればかなり高級感のある身なりで自分には不釣り合いな感じがする。

それにこんな素敵な人が私の赤い糸とは思えない。

きっと今日は、いつも黒い糸を引く私を見かねて、神様が私に一時の癒しをプレゼントしてくれたんだ。

でもそう思うと逆に変な期待を持つ必要がないと感じ、少し気が楽になった私は、お酒の力も相まって、饒舌《じょうぜつ》になっていた。

初対面の男性に最近彼氏と別れたことも自虐《じぎゃく》まじりに話していた。

「私って人を見る目がないんですよ。ちょっとドキドキすると恋だって錯覚して一人で本気になって……」

彼は聞きたくもないであろう私の残念な恋バナも、嫌な顔一つせず黙って聞いてくれた。

そんな彼の優しさに私のトークは止まらなくなっていた。

「どうやら私は黒い糸を惹きつける力があるみたいなんです」

「黒い糸?」

聞き慣れない言葉に男性が反応を示す。

「赤い糸って聞いたことないですか?」

「運命の赤い糸っていうあれ?」

「そうです。黒い糸というのは真逆の意味になるんですよ」

「……そうなんだ。じゃあ僕と君ではどうなのかな?」

いきなりど直球な質問に一瞬固まってしまった。

そりゃあ、こんな素敵な男性と恋愛できたらパワーストーンのお陰かもしれないけど、可能性はゼロに近い。

それに彼から伝わるオーラはもちろんのこと、着ている服や身につけているものはどれも高級感のあるもので私とは到底不釣り合い。

そもそも、これはお酒の席での会話なんだから本気にしてはいけない。

「多分これは神様からのプレゼントなんですよ」

「プレゼント？」

「男運の悪い私を見かねて神様が、楽しいお酒を飲む相手を作ってくれたんです」

本当は、彼との出会いをパワーストーンのお陰かもしれないとぬか喜びした自分に向けた言葉だった。

彼はというと、お酒を飲みながら何か言葉を発したようだったが、他のお客の笑い声でかき消されてしまい、聞き取れなかった。

その後も話は尽きず、話題は仕事の話になった。

といっても私だけが一方的に話していたようなものだった。

自分の企画したキャラクターが商品化されたのだが、思った以上に反応が悪くて苦戦していたところ、発売から数ヶ月経った頃に突然人気が出てきたのだ。

「どんなキャラクターなの？」

「カピバラです。名前もひねりのないカピーっていうんです。一応対象年齢は女子中学生で……」

私はバッグからハンカチタオルを出した。

男性はそれを手に取ると小さく頷いた。

「かわいいね。これを君が？」

「はい。小さい頃からこういうキャラクターが大好きで」

趣味からそれを仕事にしたいという夢に変わって今に至ることを話したら、男性はニコッと微笑んだ。

「いい目をしてるね。今の仕事に誇りを持っているのがわかるよ」

「ありがとうございます。でも発売当初は全く売れなくて……でも突然名古屋《なごや》の方で人気に火がついて今では全国的に人気が出たんです。上司の話では名古屋支社の方のお陰で……」

余計なことを話していると頭ではわかっていても、ついつい話してしまう。

「そうなんだ」

「はい。その方がいなければここまで人気が出たとは思えません」

「それだけじゃないよ。自分の作ったキャラクターを愛する気持ちは君の目を見たらわかる」

彼が微笑んだ。

初めて会った人なのに、彼に言われてもっと自分に自信を持ってもいいって思えた。

「今度、新しいキャラクターが出るんですが、これでいいのかな？　ってちょっと自信がなかったんですが、前向きになれました」

「君の作ったキャラクターなら、きっと多くの人に受け入れられる。自信を持って」

こんなに私のことをベタ褒めするなんて、恐らく同業者ではないと思う。

だけど私の話に真剣に耳を傾け励ましてくれた。

そんな彼の優しさや柔らかい話し方、時に目を細め口角を上げ笑顔を向けるその姿に、赤い糸じゃないとわかっていても私の心はときめきを増すばかりだった。

「ありがとうございます。ますますやる気出ました」

本当なら彼にご馳走してもらった一杯で帰ろうと思っていたが、ジントニックや、ハイボールまでご馳走になっていた。

普段の私は酒の量を自分でコントロールし、人に迷惑をかけるような飲み方だけは絶対にしていなかった。

過去に一度だけ人に迷惑をかけた経験があるので、二度と迷惑はかけないと自分に誓いを立てていた。

ところが今夜の私はその誓いを破ってしまっていた。

いつもならこんなはずじゃないのにと頭ではわかっていても、彼と過ごす時間が楽しくて、もっと一緒にいたいと思う気持ちがお酒をたくさん飲むという悪い形となってしまった。

次第に体がふわふわしていることに危機感が芽生えながら「お酒だけは強いんです」と答え自らおかわりをしてしまう始末。

そのうち瞼《まぶた》が重くなって睡魔が襲ってきた時には流石《さすが》にまずいと思い、私はお店の人にタクシーをお願いした。

……と、ここまでは覚えていた。

だけどどうやってタクシーに乗ったのか、自宅の住所をちゃんと伝えたのかさえ覚えていない。

酔ってしまったことで彼に迷惑かけたくない気持ちとは裏腹に、重力に負けて瞼が強制的に閉ざされようとしている。

そんな中、彼が言った言葉だけはしっかりと頭の中に残っていた。

「君が悪いんだからね」

なぜそんなことを言われたのかは覚えていない。

もしかして失礼なことでも言ったのだろうか……。

その答えがわからぬまま私の瞼は完全に閉じた。

「……ん……いた～っ」

頭を押さえながら上半身を起こした。

その瞬間私は異変に気づいた。

――え？

ここはどこ？

起きたばかりで完璧な目覚めではないが、自宅でないことだけははっきりとわかる。

そして周りをぐるっと見渡した。

落ち着きのあるグレージュの壁紙、上質なウッドテーブルとチェア。

目の前には大きなテレビと、壁には北欧を感じさせる優しい色合いの絵が飾られている。

視線を横に向けると大きな窓があり、そこから見える景色は普段見ることのない薄い水色の空。

やっとここがホテルの一室だと気づく。

と同時に大きな疑問が湧いた。

――なんで私がホテルに？

昨夜かなりお酒を飲んだことは覚えている。

後輩の送別会の帰りに、前々から気になっていたバーに足を踏み入れたこと。

そしてそこで超絶という言葉が似合うほどのイケメンにお酒をご馳走になった。

それからその男性と話が盛り上がっているうちに、人に迷惑をかける飲み方は絶対にしないと誓っていた私が不覚にも酔ってしまい、これはやばいとタクシーを呼んだ。

――あれ？

それからどうなったんだっけ？

だが起きたばかりの私の思考は鈍く、実際にタクシーに乗ったのかどうかも今の段階では思い出せなかった。

とりあえず、顔を洗って頭をスッキリさせてから思い出そう。

そう思い、大きく背伸びをしたと同時に布団《ふとん》がずるっと落ちた。

「え？」

自分が何も身につけていないことに気づいて驚く。

どうしてこんな姿なの？

もちろん記憶をなくすぐらい飲んだことは今回が初めてだけど、それにしても裸で寝る習慣はない。

酔っぱらった自分の醜態《しゅうたい》に恐怖を感じ、二度とあんな飲み方はしないと再び心に誓ったその時だった。

バスルームの方から水の音というか人の気配を感じた。

——だ、誰かいる？

ふと横を見ると、明らかに誰かがさっきまで寝ていた形跡を感じた。

と同時に裸の自分と、その横で誰かが寝ていたこの状況に私の心臓がバクバクと大きな音を立て、たちまち眠気が覚めた。

ちょっと待って！

私ってあれからどうしたの？

昨夜のことを思い出そうとするが、思ってもいない今の状況に、落ち着こうと思っても焦りの方が大きくて思い出せない。

だけど恐らくだが、私の横で寝ていたのはあの人以外考えられない。

彼は仕事でこっちに来ていた。

そして夜遅くまで飲んで、帰ったとなるとホテルだ。

私は再び視線をバスルームの方に向けた。

何も身につけていない私……それってやっぱり私と彼は昨夜……。

待って待って。

いくら酔っていたからといって、一夜を共にしたら覚えてるはず。
落ち着け私。そして思い出せ。
深呼吸をして昨夜の出来事を整理しようと思ったその時だった。
――ガチャ。
バスルームのドアの開く音が聞こえた。
恥ずかしさで現実に直面する勇気が持てず、咄嗟《とっさ》にベッドに潜った。
そもそもこの状況をまだちゃんと理解できてない。
真っ暗なベッドの中で聞こえるのは緊張でバクバクしている自分の鼓動。
彼がこっちに近づいている気配も感じられ緊張はピークに達した。
次の瞬間ベッドが軋んだ。
彼が私の近くにいるのを感じる。
――どうしよう。
自分から顔を出すべき？
それともこのままでいるべき？
でもどんな顔したらいいの？
いや、起きたら裸を見られちゃう。

だが彼は私に声をかけようとはせず、布団の上から私の体を撫《な》でた。

優しく労《いた》わるような彼の手に、一瞬だけ記憶が戻ったのか映像が浮かんだ。

それは彼が私を優しく抱きしめる姿だった。

ゆっくりと互いの唇が重なり合った。

最初は触れるだけのキスだったが次第に濃密さを増して、彼の甘い息遣《いきづか》いが私の耳に残ってそれから――。

パズルのピースがはまるように、頭の中で昨夜の出来事を徐々に思い出した。

やっぱり私は彼と甘い夜を過ごした。

でもどうしてそうなったのかはまだ不透明で、彼にタクシーに乗った後のことを尋ねなきゃと思ったのだが……。

「じゃあ行くね」

私の頭の方にポンポンと触れると急にベッドが軽くなるのを感じ、彼が立ち上がったのだとわかった。

――ええ？

行っちゃうの？

胸の奥がチクチクと痛みだし、心が嫌だと言っている。

だけどもう一人の私がストップをかけた。

彼は私にとって赤い糸じゃない。

どう考えても私と彼じゃ不釣り合いで現実的ではない。

ゴロゴロとキャリーケースの音に続き、ガチャっとドアを開ける音がした。

——行かないで！

彼とはどうにもならないとわかっているのに、本心ではまだもっと一緒にいたいと思う気持ちが溢《あふ》れていた。

だがベッドに潜ったままの私の思いなど届くはずもなく、彼は寝ている私に気を使うように静かにドアを閉めた。

無音の客室の向こうで微《かす》かにだがキャリーケースの音が聞こえた。

「行っちゃった」

ベッドの中で小さく呟いたまましばらく起き上がることができなかった。

どのくらい経っただろう。

このままこんなことをしていても無意味だと気づいた私は、むくっとベッドから起き上がった。

誰もいない客室では上半身が露わになったところで羞恥心《しゅうちしん》はなく、何を考えるわけもなくまたぼーっとしていた。
ふと枕元《まくらもと》にあるスマートフォンに目をやると時刻は八時を少し過ぎた頃だった。
とりあえず帰らなくちゃ。
そう自分に言い聞かせ、ゆっくり地面に足をつけた。
そして裸のままバスルームへ向かった。
ドアを開け、無意識に左手にある洗面所の鏡に目を向けた私は、目を見開き絶句した。
――な、何これ！
慌《あわ》てて体を正面に向け、私はさらに驚いた。
鎖骨から胸にかけて、キスマークがまるで水玉模様のようについていたのだ。
寝ぼけていた脳は完全に目覚め、私は彼のつけた印を目で追った。
初対面の人からどうしてこんなに印を刻まれるの？
恋人同士でも多いぐらいの数だ。
でも……嫌なら拒めたはず。
私はそれを受け入れたってことになる。
もう、なんで昨夜あんなに飲みすぎちゃったの？

——つぐみ、ちゃんと思い出して！
私は洗面所の蛇口を開け勢い良く顔を洗って、再び鏡に映る自分の姿を見つめた。
すると頭の中で昨夜の記憶がスライドを見るように蘇った。
互いを求め合うように何度も何度も唇を重ねる姿。
優しく触れる彼の手。
彼の体にしがみついた時の肌の感触。
私の記憶がスライドから映像に変わるのは思いのほか早かった。
どんな言葉を交わしたのかあまり思い出せない。
ただ頭の中に残っている言葉があった。
「君が悪いんだ。だから絶対に俺を忘れさせないように残しておくよ」
耳元で囁くように告げた言葉。
私はその言葉を受け入れ、それを強く望んだ。
彼が私に残した印に手を触れると、そこから眠っていた記憶がさらに蘇ってきた。
私はこうなることを望んでこの部屋に入った。
酔った勢いかもしれないけど、心と体が彼から離れたくないって叫んでいた。
こんなに誰かを求めたのは生まれて初めてだった。

だから彼に抱かれながら、この人が私の赤い糸であってほしいと強く願った。

そして由美が勧めてくれたパワーストーンが私たちを引き合わせたと思いたかった。

だから部屋に入るなり彼が私にキスをしたら……いや違う。

キスをしたのは私の方だ。

自分から彼の唇にキスをしたら、彼は一瞬驚いたがすぐ優しい顔を見せてくれて、濃厚なキスの嵐に圧倒された。

キスをしながら雪崩れ込むようにベッドに向かうと、優しく押し倒された。

そして彼が私に覆《おお》い被さり再びキスの嵐。

酔って頭がふわふわしている中での甘いキスで、彼とならどうなってもいいと思った。

優しく私の体に触れたかと思えば時に激しく触れられ、私は甘い叫びを繰り返した。

ベッドが激しく軋み、身も心も彼に持っていかれる。

だけどそれが嬉《うれ》しくて今まで感じたことのない幸福感に満たされていた。

時間の許す限り何度も求め合い、彼は私の体に忘れられないほどの印を残した。

そしてこれでもかっていうほどの甘い言葉攻めに身も心も溶かされ、最後は、彼に支えられるように眠ったような気がする。

結局、私が彼にキスをしたことで甘い夜を過ごしたってこと。

「あ~あ……」

大きなため息は後悔と自己嫌悪だった。

もし酔っぱらうまでお酒を飲まなければ、今頃自宅で普通に目が覚めただろう。

そしてこんなに切ない気持ちにはならなかった。

私からキスをしなければ、イケメンと美味しいお酒飲んじゃったで済んだのに……。

しかも彼が赤い糸じゃないってわかっているのに、好きになっている。

昨夜の記憶が鮮明に蘇った時にはもう彼の姿はなく、残ったのは生々しい水玉模様だけ。

「こんなことなら寝たふりなんかしなきゃよかったよ~」

そもそも私は彼のことを何も知らない。

知っているのは出張で東京に来ていたってことだけ。

名前だって……。

「あっ!」

私は勢い良くバスルームを出ると、ベッドサイドテーブルや、ローテーブルの上を確認した。

もしかすると、彼が何かを残していったかもしれないと思ったからだ。

せめて名前だけでも知りたかった。

そう思うのは私だけだったのかな？

お互いに自己紹介もせずにエッチしちゃうなんて……こういうのを遊ばれたって言うのかな？

いや、合意の上だからそれは違う……と思いたい。

じゃあなんだったの？

謎だけが残ってモヤモヤする。

結局テーブルの上には何もなかった。

肩を落としながら再びバスルームに戻り、シャワーを浴びた。

バスローブを体に巻き付けベッドにどかっと座ると、右手に違和感を覚えた。

するとそこにはメモ紙が一枚。

まさか彼が？

少しくしゃっとなったそのメモ紙を見ると、

『忘れられない夜をありがとう。最高だった』

というメッセージと共に電話番号が書いてあった。

予想外に綺麗な字に驚いたが、

「って、名前は？」

思わず叫んでしまった。

肝心な名前がどこにも書かれていないのだ。

意図して書かなかったのだろうか？

じゃあなんで電話番号だけ？

もしかして、気が向いたら相手してあげるから電話してっていうぐらいの軽い気持ちだってこと？

確かに私は名前も知らない人と、一夜を共にした。

だけどそれは単に彼がイケメンだからではなかった。

大袈裟《おおげさ》な言い方かもしれないが、彼を見た瞬間、運命のようなものを感じてしまったのだ。

だからたとえワンナイトラブだったとしても後悔はしていない。

でも彼はどう思っていたのだろう。

このメモだけじゃわからないし、この番号だって本当に彼のものなのか……。

彼が名乗らなかったのは、やっぱり私とはその程度の関係としか思ってなかったからなんだろう。
そう思うとこのメモは捨てるべきなんだろうけど、できなかった。
それは心の片隅で彼が赤い糸だったらいいのにと思う自分がいたから。
私は手帳型のスマートフォンケースのカード入れにメモを挟むと、ホテルを後にした。

2　運命の再会

――二ヶ月後。

「おい！　芦原～、時間だぞ」

「あっ！　ちょっと～、風間《かざま》くん待って～」

私は机の上の資料をかき集め、先に部屋を出た同じチームの風間くんに駆け寄る。

これから打ち合わせがあるためミーティングルームへ向かう。

私が企画デザインしたカピバラのカピーは、しばらく前から突然爆発的な人気となった。

これには正直驚いている。

というのも、発売当初の売り上げは正直あまり良くなかったからだ。

仕事帰りにショップ巡りをしたが、商品の動きを感じられなかった。

やはり、我が社を代表するウサギのリルや、キモカワキャラクターたちの人気がありすぎてカピーのインパクトの薄さを感じ、しばらくは自己嫌悪の日々だった。

それなのに発売から数ヶ月後ぐらいから突然人気が出てきたのだ。

最初はノートなどの文具から始まったが、今では小物をはじめ多数の商品があり、もうすぐぬいぐるみも発売される予定だ。

そしてカピーのパズルゲームアプリの開発も進んでいる。

私自身ここまで人気が出るなんて正直思ってもいなかったし、アプリなんて論外だと思っていた。

現在私はカピーシリーズの新キャラの担当をしており、販売企画のチームリーダーも務めることになった。

そして、私を呼び捨てにする風間理人《りひと》くんは私と同期で、最近この部署に異動してきた。

細身の長身で実年齢より若く見える。

そして整った眉《まゆ》、くっきり二重、シュッと伸びた鼻筋、口角の上がった唇。

誰とでもフレンドリーに話せて、営業でも若手のエースとまで言われた人物だ。

じゃあ、なぜそんな有能な風間くんがこのガールズ事業部に異動になったのか。

実はこの二ヶ月で社員が二人退職したから。

一人は例の寿退社した後輩なのだが、その一ヶ月前にも二つ上の先輩が退職しているのだ。

最初は一人抜けてもなんとかなるかと思われていたが、リーダー的存在の先輩が辞めたことはうちの部署に大きな打撃を与えた。

それに加え、カピーの人気でうちの部署は連日残業続き。

そんなこともあって、部長が前々から目をつけていた風間くんをゲットしたというわけだ。

でもよく営業部がすんなり手離したって思うだろう。

実は今年は当たり年なのか、今年入社した社員の出来がとてもいいらしく、営業部も二人の優秀な新人が入ったそうだ。

風間くんはその二人の教育係でもあり、二人を立派に指導した上での異動だった。

とはいえ営業部とは仕事の内容が全く違うので、今は仕事を覚えながらみんなのサポート役というなんでも屋的存在だ。

だけど悔しいかな、仕事を覚えるのも早いし、コミュニケーション能力の高さが大きな武器となり、ここだけの話だが部長や課長より頼りになっている。

「ごめん、もしかして乗り遅れた？」

エレベーターは行ったばかりだった。

「まぁな……でも乗るつもりなかったから、いいよ」

風間くんは腕組みしたまま横目で私を見た。

「もしかして……あれ？」

「そう……あれ」

風間くんはやれやれといった様子でため息をついた。

『あれ』というのは女子社員のこと。

表現は失礼だと思うが、事実風間くんにとってはあれとしか言いようがないほど困っているものらしい。

というのも、さっきも述べたと思うが風間くんはイケメンだ。

それも群を抜くほど。

実は一年前、朝の情報番組で一般企業の社内のイケメンを紹介するコーナーがあり、なんと我が社が取材を受けることになったのだ。

それにあたり、本社の各部署から優秀でイケメンなメンツが集められた。

ちなみに我が社は本社のある東京をはじめ、札幌《さっぽろ》、仙台《せんだい》、名古屋、大阪《おおさか》、福岡《ふくおか》に支社がある。

正社員は約千名。

臨時職員やアルバイトを含めるともっとたくさんいる。

その中からエントリーされた数十名の中からさらに投票で四名が選ばれ、彼らがテレビで紹介された。

モデル体型でクールなメガネ男子の、本社営業部の塚田《つかだ》係長。

ミュージシャンみたいなワイルドさに髭《ひげ》が似合う、ゲーム事業部の浅岡《あさおか》主任。

唯一の既婚者、ダンディーな男の色気ムンムンのボーイズ事業部の田辺《たなべ》部長。

そして我がガールズ事業部の風間くんの四人だ。

だが、当の本人たちは自分の顔がテレビに出ることに消極的だった。

中でも風間くんは、自分が選ばれたことと、テレビに出なければいけないことに不満で、当時上司だった塚田係長に説得され渋々承諾したほど。

ところがこのことがきっかけで、風間くんは人生初の、スーパーモテ期に突入し、それが現在も継続中なのだ。

全く話したこともみたこともない初対面の人からいきなり「ずっと好きでした」と告白されたり、お昼の社員食堂で一人お昼ご飯を食べようものならその周りを取り囲むように女子が座るため、落ち着いてご飯が食べられないと言うのだ。

それは社員食堂に限らずで、エレベーターも同様。

扉が開いた途端、乗っていた数名の女子社員がスーパースターでも見たかのような勢いで風間くんに手を振りながらキャーキャー騒ぎ出すのだ。

「これを回避《かいひ》するにはもう公認彼女を作るしかないんじゃない？」

風間くんの方をちらりと見ると、しばし目が合う。

「……まぁそうだな」

まるで他人事のように答えると、小さくため息を漏らした。

「もう、そんな言い方して～本気で見つけないとこの状況は打破できないと思うけど？」

「だったら、芦原で手を打ってもいいぞ」

ドヤ顔で私を見る。

「え？　ちょっと、冗談よしてよ」

「安心しろ。もちろん彼女のフリだからな」

こんなやりとりは日常茶飯事なのだが、

「無理」

私は真顔で断った。

いつもの私なら、こんな軽口には笑って冗談で返すのだが、今はそんな気になれなかった。

まさかそんな返事が返ってくるとは思わなかったのだろう。風間くんは驚いた様子で私を見ると、さらに大きなため息を吐《つ》いた。

「そんな瞬殺で断るなよ。冗談だよ冗談」

その顔を見て、言葉がキツすぎたと反省する。

「ごめんね。だけど今は風間くんに付き合っているほど私は暇じゃないの」

エレベーターの扉に向かって返事をした。

そんな私に風間くんは、

「お前こそ彼氏作ったら？　仕事ばかりしていると、いい出会いもやってこないぞ」

と同情の眼差しを向けた。

今は私の心配よりも自分の心配をした方がいいのでは？　という思いを飲み込んだ。

だが実のところ、私は風間くんの心配をする余裕など皆無《かいむ》なのだ。

二ヶ月前、名前も知らないイケメンと一夜を過ごした。

初めて会った時、彼が私の赤い糸だと思ったが、それはすぐに違うとわかった。

でもあの時は、それでもいい。彼と少しでも長くいられるのならと思った。

だから後悔はしていない。

残されたメモは未練がましくスマートフォンケースの中にある。

何度か電話をかけてみようかと思ったが、元々自分からグイグイ行く性格ではなかったし、彼の反応を知るのが怖くて一度も連絡はしていない。

「……原……おい、芦原、乗らないのか？」

待っていたエレベーターが開き、先に乗った風間くんが私を呼んでいた。

「ご、ごめん」

「何ぼーっとしてんだよ」

「ごめん、ちょっと仕事のこと考えてて」

本当は仕事のことじゃない。

あの後、パワーストーンの効果は残念ながらなかった。

仕事が多忙で、家と会社を往復する生活を送っている。

だけど私には驚くべき変化が起こっていた。

私は資料でお腹を隠した。

実は、妊娠しているのだ。

妊娠二ヶ月。

正確に言うと八週目に入ったばかりだ。

つわりは今月の初め頃に始まったが、単に仕事の疲れが出たと思い込んでいた。だけど、生理が全然きていないことにハッとして、まさかと思いながら妊娠検査薬で調べてみたところ妊娠を示す結果が出た。

慌てて受診すると、ちょうど七週目に入るところで胎児の心拍も確認できて、出産予定日までわかってしまった。

お腹の子の父親は、もちろんあの人。

そう、一夜を共にした名前も知らない彼。

自分が子供を産むなんて全く想像すらしていなかったし、そもそも恋愛運が最悪な私には、子供のこと以前に、結婚できるのだろうか……という問題の方が大きかった。

だが実際は、恋愛や結婚をすっ飛ばしていきなり妊娠。

それでも私のお腹の中の小さな命の存在を知った時点で父親が誰だろうと、この子を産むということに迷いなどなかったのだ。

それにこの子を授かったことで、もしかしてこの子が私にとっての赤い糸なのかもしれないって思った。

初めて彼と出会った時のあのときめき、言葉で言い表すのは難しいけど運命みたいなものを感じた。

ただ彼と私の距離はとても遠かった。

物理的な意味でもそうだけど、お互い名前も知らない者同士。

それでも私はいまだに彼のことを愛おしいと思っている。

そばにいなくても、彼が私の運命の赤い糸であってほしい。

そんな私に、神様がこの子をプレゼントしてくれたと思った。

彼と唯一繋がっているこの子が、私にとっての赤い糸なんじゃないかと……。

だから産まないなんて選択肢はなかった。

この子の存在を心から愛おしく感じる。

だがその反面、この子の親は私しかいないのだという大きな責任も感じている。

だって、この子を育てるのは母親である私しかいないのだから。

もちろんこのことは誰も知らない。

由美にも話していない。

だって結婚の準備で忙しいのに、心配をかけられない。

それに私の赤い糸は結ばれなかったのだから、せめて由美には幸せになってもらわなきゃ。

だが一つ問題が……それは妊娠が発覚した途端に始まったつわりだ。

産婦人科の先生につわりはきたかと尋ねられ、

「少し前から気持ちが悪いなとは感じていましたが、妊娠しているとは思ってなくて……」

と答えたら、

「人によってだけど、これからつわりがひどくなる時期に入ります。だいたい十二週目ぐらいまでかな」

と言われた。

先生の話ではつわりといっても症状は人それぞれで、全然食べられなくなる人もいれば、すごく食べる人もいるとのこと。

食べるものも、今までさほど好きじゃなかったものが急に食べたくなったり、気持ち悪さを軽減しようと、ミント味のタブレットを食べたり、炭酸系の飲み物を飲む人もいると言われた。

それとは逆でつわりが全く来ない人も中にはいる。

だから今はまだちょっと気持ち悪いなって程度だけれど、これからどんな症状が待ち受けているかわからない。

私の場合、未婚での妊娠。

このことは会社の人はもちろん、両親にも知られたくない。

もちろん、いつまでも隠し通せるとは思っていない。

この先、お腹の子の成長に合わせ私の体型も変化する。

それでもギリギリまでバレてほしくない。

だけど、今一番の心配は体型云々《うんぬん》ではなくつわりだ。

よくドラマの中で、突然吐き気が襲ってきてトイレに駆け込むというシーンを目にする。

もし仕事中、特に会議や打ち合わせ中に吐き気が襲ってきたら？

私はポケットからミントタブレットを取り出すと、三粒口の中に放り込んだ。

「うっ」

「おいどうした」

「ミントがキツい」

最近はつわりがこないようにと常にミント味のタブレットを食べている。

でも流石に三粒は多すぎた。

「なんでそんなに食べるんだよ」

風間くんに呆《あき》れられた。

まさかつわりがこないようにちょっと多めに食べたなんて言えるわけもなく、

「眠気防止」

と言ってごまかした。

今はそれでなんとかなっているけれど、正直こんなごまかしがいつまで続くか不安になる。

だからといってこんなことでへこたれてはいられない。

この子が生まれたら、女手一つでこの子を育てていかなければならない。

頑張って稼がないと！

私は大きく深呼吸をするとエレベーターを降りた。

打ち合わせは思ったより時間がかかってしまった。

いつ気持ち悪くなるか不安だったが、そんな心配は要らなかった。

今回、カピーの友達キャラとして私が考えた動物はモモンガ。

キャラクターデザインに関しては評判も良く、最終チェックに通れば決定となるのだが、問題はキャラクター名だった。

私はどうもネーミングセンスがないらしく、考えた名前は全て没。

みんなでアイデアを出し合ったけど、これだという案は出ず、来週までの宿題となった。

私たちはミーティングルームを出て並んで廊下を歩き、エレベーターホールに着いた。

「お前の名前センスのなさ、超笑えるな」

風間くんが肩を震わせ笑っている。

「ちょっと笑わないでよ。これでも真剣に考えたんだからね」

打ち合わせ中の私は喜んだり落ち込んだり。

その横で風間くんは私の考えた名前を見てはクククッと笑っていた。

憎らしくて何度風間くんの足を踏んでやろうと思ったことか。

「ごめんごめん。ククッ、やっぱお前最高！」

「全然、褒められた感ないんですけど？」

不満いっぱいの気持ちを込めエレベーターのボタンを押す。

すると風間くんが急に何かを思い出したかのように「あっ！」と声をあげた。

「どうかしたの？」

「ん？　いや……芦原ってさ、名古屋支社の砂原《さはら》課長って知ってる？」

さっきまで笑ってた風間くんの顔が急に真剣な表情へと変わる。

「名前だけは聞いたことあるよ。かなりやり手の人とか……あとイケメンだって噂《うわさ》を聞いたことある。見たことはないけど……」

そういえば、風間くんがテレビに出るって知った時にうちの後輩たちが、

『でもやっぱりナンバーワンのイケメンは砂原課長じゃない？』

って言っていた。

名古屋支社だったから選ばれなかったってことだけど、風間くんよりも格段にイケメンだって後輩たちがはしゃいでいたっけ。

「そういえばカピー人気は名古屋からだったって課長が言ってたよね」

「ああ。火付け役は砂原課長だって、営業にいた時に聞いた」

カピーが発売された頃は全く人気がなくて相当落ち込んだけど、突然名古屋で人気に火がつきSNSの効果もあって爆発的人気になった。

だから、いつか砂原課長に会える機会があればお礼を言いたいと思っていた。

「でもその砂原課長がどうかしたの？」

すると風間くんが私との距離を縮める。

「いや、その砂原課長がうちの部署にくるって噂があるらしいんだ。うちの部長とチェンジする形でさ」

「え!?」

びっくりして大きな声を出すと、風間くんがすかさずシーッと人差し指を口に当てる。

「声デカすぎ」

「ごめん。でも本当なら嬉しいな～」

本音がポロリと出る。

「そうくると思った。砂原課長めっちゃイケメンだしな」

風間くんが不満げに口を尖らせる。

「ちょっと! そういう意味で言ったんじゃなくて、カピーを人気者にしてくれた人だから、もし、上司になったら今度の新キャラもうまくいくんじゃないかって思ったの」

その時エレベーターが到着した。

エレベーターが開くと珍しく誰も乗っておらず、私たちは無言でエレベーターに乗る。

「なあ、その砂原課長だけど、もう一つ噂があるんだよね」

「何？」

「あくまで噂だけど……社長の息子らしいんだよ」

「え？　どうして？　社長と苗字が違うんじゃない？」

するとと風間くんは頷いた。

「まぁな。そういうリアクションになるよな。社長は緒方《おがた》さんだもんな」

そう。我が社の社長は砂原ではなく緒方だ。

「それに人事異動の時期ってまだ先だよね？　こんな時期に異動って何かあったのかな？」

我が社の人事異動は四月と九月にあるが、今は十一月だ。

「その辺のことはよくわからないけど、うちの部署に来るのは本当だと思う。恐らく部長として」

砂原課長が社長の息子だろうが、イケメンだろうがあまり重要ではない。

カピー人気の立役者《たてやくしゃ》が上司になるかもしれないということは、私にとって朗報《ろうほう》だ。

それから数日後。

みんなが考えてくれたお陰で新キャラの名前がやっと決まった。

モモンガのロピとシマエナガのピーナだ。

今日は新キャラのロピとピーナの商品化に向けての打ち合わせなのだが、時間に厳しい課長が珍しくまだ現れない。

「ねえ～課長遅くないですか？」

ミーティングルームの時計は、打ち合わせ予定時間を十分以上過ぎていた。

「大方、お偉いさんにでも捕まったんじゃないの？」

風間くんは椅子《いす》の背にもたれながら資料をチェックしている。

ふと先日風間くんが話していた人事異動のことを思い出す。

あの話どうなったんだろ……。

すると同じチームで入社二年目の中原《なかはら》かおり、通称カオリンが資料を配布する手を止めた。

「そういえばさっき、部長がすごいイケメンと歩いてましたよ」

だがイケメンという言葉に反応するメンバーはこの中にはいない。

私は配布された資料に目を通しながら課長が来るのを待った。

正直早く始まってほしい。

いつ吐き気が襲ってくるか不安だからだ。

そして予定時間を十五分過ぎた頃だった。

「みんな、待たせてすまなかった」

ドアが勢い良く開いた。

ミーティングの時間を大幅に過ぎているというのに、課長の声に焦りはなかった。

しかも普段は打ち合わせに参加しない部長の姿もある。

「打ち合わせの前に申し訳ない。実は急なんだがわたしに異動の辞令が出た」

私は思わず風間くんの方を見てしまった。

風間くんはやっぱりなって顔で小さく頷いた。

「名古屋支店への異動が決まった」

みんながざわつく中、部長は話を続ける。

「それで、わたしの代わりに名古屋支店の砂原課長が部長に昇格し、君たちの上司になる。砂原くんどうぞ」

入り口の方に目をやると……。

そこにはすらっとしたモデル体型、さらにセクシーな目元は色男と表現した方がぴったりな男性が立っていた。

イケメンは風間くんで見慣れていたはずなのだが、ビシッとスーツを着こなし、大人の色気を漂わせた男性がこれから自分たちの上司になると言われて、驚かない人はいないだろう。

案の定一瞬にしてミーティングルームがざわつき、女子社員たちは口に手を当てながら両隣の人と顔を見合わせていた。

もちろん彼女たちの目は、嬉しそうだ。

だけど例外もいる。

それは私だ。

彼は部屋に入るなり、私を見たのだ。

私はこの顔をすごく知っている。

途端に私の心臓はバクバクと大きな音を立て、頭の中は「なんで？」という言葉で埋め尽くされていた。

そんな中、部長が砂原部長に挨拶《あいさつ》を促《うなが》した。

砂原部長は一歩前に出ると姿勢良く一礼をし、挨拶を始めた。

「初めまして……かな。急なことで申し訳ないですが、本日付でこちらの部署に配属になった砂原です。初めての部署で慣れるまでは至らない点があるかと思いますが、みなさんと一緒にいい作品を生み出せるよう頑張ります。よろしくお願いします」

砂原部長の挨拶が終わると、補足するように課長が紹介をする。

カピバラのカピーの大ヒットはこの砂原部長のお陰だということ。

もちろん、それはここにいるメンバー全員、いや、会社の誰もが知っていること。

ただ、名古屋支社の砂原課長とは面識がなかったから、噂通りのイケメンぶりにみんな圧倒されていたのだ。

でも私にはそんなことはどうでも良かった。

というより、そんなことをのほほんと考えている余裕など全くなかった。

完全にパニック状態で、もし抜け道があるなら今すぐここから立ち去りたい気分。

だって、私はここにいる誰よりも彼のことを知り尽くしているから。

知らなかったのは唯一名前だけ。

一夜限りの恋をした相手であり、私のお腹の中ですくすくと育っているベビーのパパだ。

本来ならば、「あなただったんですね」なんて再会を喜ぶところだが、実際はそんな状況ではない。

赤ちゃんがお腹の中にいて、しかもそのことはまだ誰も知らない。

知っている人は世界で多分五人未満だ。

私の他には、産婦人科の先生と看護師さんたち。

会社の人にはお腹が目立って隠しきれなくなった時に妊娠のことを告げ、相手の人のことは内縁関係の人で海外赴任中とか、突っ込まれない程度の嘘をついて仕事と育児の両立を図ろうと考えていた。

しかしその計画を変更しなくてはいけなくなるかもしれない。

もちろん妊娠したことは後悔してないし、彼が赤い糸でなくてもこの子を授からせてくれたことへは感謝している。

だけどそれは二度と彼と会うことはないだろうと思ったからであって、まさか同じ会社の上司だなんて聞いてない！

もし私の妊娠がバレて、しかも父親が自分だと知ったら？

一夜を共にしただけでできてしまった子供を、彼は受け入れるのだろうか？

もしかしたら自分の子だと認めようとしないかもしれない。

でも、認知してもらおうとか養育費を請求しようだなんて思っていない。

この子と二人で生きていくことが私の望みだ。

だんだんと自分を取り巻く環境が不穏なものに感じられてしまい、実は彼も私にとっての黒い糸だったんじゃないかとすら思えてくる。

　さっきまで砂原部長との再会にバクバクしていた私の鼓動は、妊娠がバレたらどうしようという不安のバクバクに変わっていった。

　好きだった人なのに、再会を素直に喜べない自分がすごく嫌だし、不安で顔もまともに見られず視線を下げる。

　そしてこの子を庇うように私はそっとお腹に手を当てた。

　すると横にいた風間くんが肘で私の腕をこづく。

　何？　と思い顔を上げると、

「おい、大丈夫か？　顔色悪いぞ」

と声をかけられた。

「大丈夫」

と言っても本当は全然大丈夫じゃなかった。

　簡単な挨拶を終え、部長二人は退席するだろうと思っていた。

　ところが、

「砂原部長はみんなも知っているようにカピー人気の立役者、これからは直接携《たずさ》わるので、今日の打ち合わせにも同席していただくことになった」

そう言って課長は席を案内した。

しかも座ったのは私の真向かいの席。

もちろん課長がわざとこの席に案内したわけではないことはわかっているけど、それでも言いたくなる。

――なぜ私の真向かいに？

何気に周りを見ると女子社員の顔は完全に緩んでいる。

私だってあんなことがなければみんなと同じ顔をしていただろう……。

せっかく仕事モードに切り替えるって決めたばかりなのに、自信がなくなる。

私は極力視線を合わせないようにし、終始俯《うつむ》き加減で打ち合わせに臨んだ。

時折、視線を感じるような気がしたが、視線を合わせないように努め、打ち合わせは一時間ぐらいで終わった。

「緊張したな」

そう声をかけてきたのは風間くんだった。

「そうだね」

視界の隅では砂原部長と女子社員が話をしている。

風間くんもそれを見ていたようで、

「芦原はあの中に入らないのか？」

と砂原部長たちの方を指さした。

「入らない。それより、やらなきゃいけないことが山積みだから先に行くね」

確かにやることはあったけど、山積みというほどではない。本当はただ単に早くミーティングルームを出たかっただけだ。

だが、立ち上がった瞬間吐き気が急に襲ってきた。

よりによってなんでこんな時に？

なんとか平静を装い誰よりも先に退室しようとした。

ところが砂原部長が私に近づいてきた。

「芦原さん」

しっかりとした口調で名前を呼ばれ、足を止めざるを得なかった。

「はい……」

彼が私に近づいてきた。

ウッドとムスクの香りが鼻をかすめる。

今までは香水の匂いに敏感じゃなかったが、今は敏感に反応する。

香水に限らず、魚の臭いやお米の炊ける匂いにすら反応し、気持ちが悪くなる。

でも今は、顔にも態度にも出せない。

特に彼の前では……。

「砂原です。よろしく頼むね」

「芦原です。よろしくお願いします」

初対面ではないのにお互い初対面のような挨拶。

だがそんな時でも、妊娠した私の体は容赦なかった。

つわりで気持ちが悪くなった私は、なんとかここを出て外の空気を吸いたいと思った。

「すみません。それでは失礼いたします」

会釈して部屋を出ようとしたその時だった。

「忘れられない夜をありがとう。最高だった。君からの電話をずっと待ってたんだけどね……」

私にしか聞こえない小さな声で囁くと、砂原部長は何食わぬ顔でミーティングルームを後にした。

——え？

……ええ？

彼の言葉に私の動きは止まった。

囁いた言葉はホテルに残されたメモの言葉だった。

しかも電話を待ってた？

ずっと？

あまりの衝撃に吐き気が吹っ飛んだ。

「おい……芦原？」

風間くんに肩を叩かれ我に返る。

「え？」

「何ぼーっとしてたんだよ」

気がつくとミーティングルームには私と風間くんの二人だけだった。

一体私はいつまで突っ立っていたの？

「ごめん……」

説得力のない返事に風間くんはわざとらしいため息を漏らす。

「どうせお前も砂原部長にうっとりしてたんだろ？」

確かに頭の中は砂原部長のことでいっぱいだ。

だけどそれは風間くんの言う『うっとり』とはわけが違う。

ずっと電話を待ってたってことに驚いていたのだ。

私は今でもあのメモを、お守りのように肌身離さず持っている。

彼に二度と会えなくてもこれがあれば一人で出産し、子育てだって頑張れる気がしていた。

だが今日、メモを残した張本人が目の前に現れた。

一人でこっそり産んで育てるという強い意志を持っていたが、彼の言葉にもしあの時、私が電話をしていたらこの状況は大きく変わっていたかもしれないと期待に似た感情が湧いてしまった。

いや、そうじゃない。

誰にも頼らず一人で育てると決めたじゃないと自分自身に言い聞かせた。

「うっとりなんかしてません。仕事のことを考えていただけ」

これが私の精一杯の返事だ。

私はこれ以上風間くんに突っ込まれないように、足早にミーティングルームを出た。

デスクに戻ると砂原部長と森本《もりもと》部長の姿はなかった。

内心ホッとしたのは砂原部長が嫌いだからではなく、彼に内緒で子供を産もうとしている後ろめたさからくるものかもしれない。

それがなければ私はきっと胸をときめかせ、やっぱり彼は私の赤い糸かもしれないと思っただろう。

とりあえず、吐き気も治ったし、部長の姿もないので安心して仕事に集中できる。

私は定時までしっかり仕事をして、無事勤務を終えることができた。

「お先に失礼します」

みんなに声をかけながら早歩きでガールズ事業部を出た。

誰かが私の名を呼んだような気もしたが、歩き出した私の足は止まることはなかった。

とにかく一人になりたかった。

家に着くと、すぐにソファに横になった。

今までなら座ると何もできなくなるからすぐにキッチンに立って夕飯を作っていたが、つわりが始まって以来その生活は一変した。

急に気持ち悪くなるのはもちろんのこと、今までなんとも感じなかった臭いに敏感になり、受け付けられなくなることもあった。

その反面、今まで特に好きじゃなかった食べ物が急に欲しくなることもある。

私の場合、吐き気を和《やわ》らげようと炭酸飲料を飲んだり、かと思えばフライドポテトが急に食べたくなったりする。

吐きづわりというのはあるが私の場合はそれよりは軽く、気持ち悪くて何か込み上げてくる感じはあるけれど吐くのは少ない。

ただ、今一番困っているのが眠気。

眠っちゃいけない時でも突然睡魔が襲うようになってきた。だから例のミント味のタブレットは手放せない。

今日は吐き気はなかったが、そのかわり帰りの電車の中ですごい眠気が襲ってきた。しばらく自宅のソファで横になったら眠気も落ち着いてきたので、キッチンに立つと冷蔵庫の中を確認した。

ご飯を炊く匂いで吐き気がするようになってからは、定時で帰ってきた時間に合わせて炊き上がるように予約を入れている。

だけど炊飯器の蓋を開けた時に襲いかかるあの湯気は回避できず、今の私の最大の敵だ。

妊娠がわかってから、私はこれからの生活のために節約を始めた。

今までは疲れたからとコンビニに頼ってたけど、極力自炊をしている。

晩ご飯を済ませるとお風呂に入って、普段より早い時間だけど、ベッドに入った。

それにしてもまさかあの人が私の上司になるとは思いもしなかった。

しかも初めて会ったあの時、カピー人気の立役者のご本人を前に熱く語ったような気がする。

思い出しただけで恥ずかしくなって、布団をかぶった。

彼の一言一言にときめいて、この人は赤い糸じゃないってわかっていたのに一線を越えてしまった。

もしも上司になるとわかってたら、違う未来が待ってたのかもしれない。

そう思うと私のとった行動は正しかったのかわからなくなる。

明日明後日は引き継ぎのためほとんどこっちにはいないって聞いているけど、これから先どう接したらいいのだろう。

何事もなかったように上司と部下でいられるだろうか。正直不安しかない。

もちろん私の気持ち次第なんだろうけど、久しぶりに会った彼はやっぱりかっこ良くて、ドキッとした。

とはいえ、初めて会った時とは状況が違うし、それにお腹が大きくなれば妊娠を隠し通せるわけもない。

もちろん自分の考えを変えるつもりもないし、私は彼に父親になってもらおうだなんて思ってはいない。

だから私としてはお腹の子の父親が砂原部長だということは絶対に口外しない。

万が一、父親のことを聞かれても絶対に本当のことは言わない。

それだけ。

私は寝返りをすると眠りについた。

翌日出社すると、砂原部長の席に人だかりができていた。

あれ？

今日明日はいないはずなのでは？

遠巻きに見てみると、砂原部長は出勤していた。

心の準備ができておらず緊張が走る。

もちろん部長のことが嫌いなのではない。

私の気持ちは初めて会った時と同じだ。

だから困る。

一人でこの子を産もうと思っているのに、彼のことがやっぱり好きで気になってしまう。

とはいえ、そういったそぶりを見せてはいけない。

もちろん妊娠していることも……。

だから今日も突然の吐き気がこないことを祈るだけ。

そんなことを思いながらメールのチェックをしていると、誰かがポンポンと私の肩を叩いた。

え？　もしかして砂原部長？

緊張しながら振り返る。

「は、はい」

平静を装うも、声はうわずっていた。

「おい、なんて声出してるんだよ」

肩を叩いたのは風間くんだった。

彼の顔を見たら緊張の糸が切れた。

「なんだ～風間くん？」

「俺で悪かったな。どうせ砂原部長だと思ったんだろ？」

図星だけど、内心は風間くんでよかったと思っている。

でも風間くんは、ふてくされた顔で視線を砂原部長へ向けた。

「そういえば、昨日お前って用事でもあった？」

風間くんは鞄《かばん》を置きながら自分のデスクに座った。

早く帰って横になりたかったのと、それに砂原部長から逃げたかったとは言えず、

「用事っていうか……久しぶりの定時上がりだったから買い物に行ったの」

適当にごまかすと風間くんの顔がフッと緩んだ。

「な～んだ。いや、久しぶりの定時だったから飯でも誘おうと声かけたのに、お前完全無視だったから……ふ～んそっか～」

そういえばなんか私を呼んでいるような声が聞こえたけど、昨日の私は風間くんと一緒にご飯なんて余裕は全くなかった。

「ごめん全然気がつかなかった。じゃあまた今度――」

「芦原さん、ちょっといいか？」

誘ってと言おうとしたら突然砂原部長に呼ばれた。

私と風間くんは一瞬顔を見合わせる。

砂原部長は昨日のミーティングでの資料を厳しい表情で見ている。

なんだろう……昨日は何も言わなかったのにどうしたんだろ。

何か問題でも？

「は、はい」

緊張しながら部長のデスクへ向かった。

「昨日のミーティングで出してもらったレイアウトだが、ありきたりすぎる。カピーの友達キャラがカピーより目立ちすぎるのも良くない。その辺を踏まえて明日のミーティングに間に合うようレイアウトを再提出してくれ」

砂原部長は言いたいことだけ言うと、反論は聞かないと言わんばかりに背を向けた。

「わかりました」

砂原部長の背中に向かって一礼をすると、デスクに戻った。

「おい、部長はなんて？」

好奇心と心配の入り交じった表情で聞いてくる風間くんに、レイアウトのやり直しを告げる。

「昨日は何も言わなかったのにな」

私にしか聞こえないぐらいの小さな声で呟く。

「多分昨日は、私たちの普段の様子を見ていただけなんじゃない？」

正直昨日の打ち合わせはスムーズだったし、私の中では問題ないと思ったけれど、指摘された部分を見ると確かに部長の言う通りだった。

「……確かにそうかもしれないな。部長すごくメモとっていたみたいだし」

「え？　そうなの？」

「そうなの？　って目の前に部長が座ってたのに見てなかったの？」

かなり驚いている風間くん。

「見てないよ」

見られるわけがない。

理由は仕事のことじゃなかったけど……。

「でも指摘されたことは納得できるから」

悔しいけど砂原部長の指摘は間違ってはいない。

新キャラはあくまでカピーの引き立て役で、目立ちすぎるのは確かに良くない。

「俺は良かったと思うけどな～」

私のデスクの上にあるレイアウトを見ながら同情してくれるが、言われたからにはやるしかない。

「頑張るよ」

小さくガッツポーズをすると気持ちを切り替えた。

正直別の意味でホッとしている自分がいた。だって何かに没頭していればモヤモヤつわりも忘れられると思ったから。

結局この日はレイアウトの件で時間を取られ、ちらりと時計に目をやった頃には終業時間はとうに過ぎていた。

しかも見渡すと私以外誰もいない……。

正直ここまで没頭したのは久しぶりだ。

そういえば、みんなが私に話しかけていたような気がするが、夢中になりすぎて全く耳に入ってこなかった。

ふと風間くんのデスクを見てため息が出る。

私ってば風間くんが帰ったことさえ気づいていなかったんだ。

それもこれも、今日は珍しく恐れていた吐き気や眠気も襲って来なかったからだ。

でもなんか急に炭酸系の飲み物が飲みたくなってきた。

これも私の中のつわりあるあるなのだ。

「ん～～～～っ！」

両手をあげて大きく伸びをして、片方の肩をぐるぐる回しつつ首を回し、軽いストレッチをすると立ち上がった。

自販機で炭酸ジュースを買ってデスクに戻ると、息が続くまで一気に飲んだ。
そしてリフレッシュできたところで仕事を再開。
作り直したレイアウトを改めて見る。
最初のレイアウトよりは良くなってると思う。
だけど自信はない。
甘えたことは言いたくないが、体調のことも考えて本音は早く帰りたい。
再び体が炭酸をすごく欲しがっているので、苦しくなるまで飲む。
「よーし！」
気合いを入れた。
やっぱり自分が納得できるものじゃないといいものはできない。
あともう一踏ん張り。
ジュースを置いてモニターに目を向けたその時だった。
「随分美味しそうに飲んでいたね」
「はい。スカッとするん――」
何気に話しかけられ答えた後でハッとする。
この声まさか……。

パッと顔を上げ横を向くと砂原部長が立っていった。

——な、なんでいるの？

帰ったんじゃないの？

一番会いたくない人……いや、会いにくい人といきなり二人きりの状況に心臓がドキドキしだす。

「お、お疲れ様です」

「遅くまで頑張っているね。で？　どうだ？　明日までに間に合いそうか？」

「はい、あと少しで終われそうです」

「できた分だけでいいから見せてくれ」

砂原部長は風間くんの席に座ると修正したレイアウトに目をやる。

レイアウトを見ているはずなのになんだか自分を見られていると錯覚してしまうのは、この人と一夜を共にしたから？

もう！　何考えてるの？

仕事中なのに。

頭ではわかっているのに私の顔が火照る。

私は熱くなった顔を見られたくなくて、顔だけを背《そむ》ける。

「……原……芦原」

「は、はい」

「昨日のより断然良くなってる。あとはこの辺をもちょっと小さくして……」

「は、はい」

砂原部長のアドバイスは的確で、私はただただ頷きながらメモをとっていた。

「じゃあもう少し頑張ってくれ」

「ありがとうございます」

お礼を言うと、私は仕事を再開。

砂原部長はというと椅子から立ち上がり、自分のデスクに戻っていった。

——え？

帰るんじゃないの？

どっちにしても早く終わらせたい私は頭を働かせ仕事に没頭した。

そして一時間後。

「できた！」

これなら大丈夫。

納得できる仕上がりとなった。

時計を見ると、終電まであと十五分だと知る。

考えている暇はない。

私は急いで帰り支度を済ませると後ろを振り返る。

だが砂原部長の姿はなかった。

一瞬がっかりしたような気分になるものの、今はそんなことより終電に間に合うかどうかの方が大事だった。

照明を切って階段を駆け下りようとしたが、お腹の子のことを考え、エレベーターを待つことにした。

だがエレベーターが階下に着いてエントランスを出たところで、私の足がぴたりと止まった。

帰ったはずの砂原部長が入り口で立っていたのだ。

——なんでここにいるの？

まさか私を待っていたとか？

いやいやそれは自意識過剰だよ。

きっと部長は誰かと待ち合わせでもしているのだろう。

そう自分に言い聞かせるが、内心はすごくドキドキしていた。

ここはさらっと挨拶して帰ろうと早歩きで歩いていると、砂原部長もこっちに向かって歩いてくる。

——え？

どうしよう。

「お、お疲れ様です。どうしたんです？　忘れ物でもされたんですか？」

忘れ物って……他に言い方なかったの？　と自分の例えの悪さに恥ずかしくなった。

砂原部長は仕事の時の厳しい表情とは違い、初めて会った時のような優しい笑顔を向けていた。

どうしよう、こんな笑顔を向けられたらドキドキしてしまう。

だが返ってきた言葉は、

「忘れ物を取りにきたんだ」

適当に言った言葉がまぐれ当たりしてしまった。

驚いたのも束の間、砂原部長の顔がぐっと近づいてきた。

え？　な、何？

と思わず身構えてしまう。

だがその反面、心の隅で嬉しいと思う自分もいて、わけがわからなくなる。

「あの日君を一人ホテルに残したのは……忘れ物っていうのかな？」

「え？　ええ？」

忘れ物の意味に私は驚き、一歩後ずさりした。

砂原課長の私を見る顔は妙に色っぽく、こんな状況なのに私の心臓は飛び出そうなほどドクドクしていた。

すると砂原部長の手が伸び、さっと私の手を掴んだ。

「え？　あっ、あの？　部長？　私、急がないと終電がなくなるので」

掴まれた手を離そうとするが離してくれない。

それどころか砂原部長はさらに私との距離を縮め、

「今から俺に付き合って」

と耳元で囁いた。

仕事では絶対に聞くことのない甘やかな声にゾクッと震えが襲い、抵抗するタイミングを失ってしまった。

どうしよう。

「二人の再会に乾杯」

「か、乾杯……」

ホテルの最上階、しかも夜景が一望できるカップルシートに座った……いや、座らされた？

あ～もうどうでもいい。

終電に間に合うと思っていたのに、今は全く違う場所にいる。

私はどうやって帰ろうかと頭の中をフル回転させていた。

もちろん、電車はないからタクシーになるんだろうけど、出産育児を控えて節約生活をしている私としてはタクシー代は痛い出費。

とはいえ、彼を突き飛ばしてでも終電に間に合う時間に帰らなかった自分にも責任がある。

なんてことを悶々と考えていることなど知らない砂原部長はジントニック、私はオレンジジュースを注文した。

「なんでオレンジジュースなんだ？　前は浴びるほど飲んでいたのに」

そうです。あの時の私は浴びるほど飲んでいた。

しかも記憶が飛んでいる程で、あんな飲み方をした自分が情けない。

だけど言い訳させてほしい。

あんな飲み方は、後にも先にもあの日一回限りだ。

「あれは……例外です」

「でも飲めないわけじゃないんだから一杯ぐらい付き合えないか？」

とお酒を勧められた。

一瞬飲んでもいいかなって思いが頭をよぎったが、私は妊娠中。

時間も遅いし明日の仕事に差《さ》し支《つか》えるからと丁重に断った。

それにしてもこの状況にまだ戸惑いを隠せないでいる。

全てはあの別れ方が良くなかった。

もちろん私も状況を把握できなくて隠れてしまった責任はある。

砂原部長のせいだと思ってはいない。

だからもし神様がどんな願いでも叶えてくれると言うのなら、あの朝までタイムスリップさせてほしい。

違う未来が待っていたかもしれない。

なんて、たられば言ってもどうにもならないのに……。

それにしてもどうして私を誘ったのだろう。

近況でも知りたかった？

それともあのことで何か私に言いたいことでもあるのだろうか。

例えば……あの時のことはなかったことにして、単なる上司と部下ということで了解してほしいとか?

それならそれでもいい。

でも一応これからのことを考えたら、砂原部長の考えを知っておきたかった。

「あの……」

「何?」

「いえ……」

いざ口を開くとなんて聞けばいいのか、うまく言葉が出ない。

「言ってごらん。聞きたいことがあるんだろ?」

頬杖をついて私を覗《のぞ》き込むように見つめる砂原部長の表情に余裕を感じる。

——この表情、あの時と同じ。

私はそんな彼に惹かれたんだけど、あの時とは状況が違いすぎる。

「なんで黙っていなくなったんですか?」

口に出した途端、後悔した。

こんなことを聞くつもりなんてなかった。

あの日のことは忘れて、上司と部下の関係でいた方が、お互いのためにいいと思いますって言いたかったのに……大失敗だ。

砂原部長は私を試すような目でじっと見つめると、クスッと笑った。

「……ショックだった？」

え？

まさか質問を質問で返されるなんて……。

しかも質問が意地悪だ。なんだか彼の手の上で遊ばれているような気がしてならない。

しかも自分に余裕のない私は冷静さに欠けていた。

その結果、

「あんなメモ残して……せめて名前ぐらい書いておいてくれたって――」

と余計なことを口走っていた。

これじゃあ未練たらたらだって言っているようなものじゃない。

砂原部長は、

「嬉しいね」

と満面の笑みを浮かべた。

その余裕っぷりに悔しさを感じる私。

「な、何がですか？」

私は気持ちを落ち着かせようとオレンジジュースを飲んだ。

グラスを置いて小さく深呼吸をすると、砂原部長は話を続けた。

「ずっと俺のこと考えてたんだろ？　もしかして……あのメモまだ持ってたりする？」

砂原部長はジントニックを一口飲みながら、私がどんな反応をするか楽しむように微笑んだ。

例のメモは、ずっとスマートフォンケースのポケットに入ってる。

彼とは二度と会えないと思っていたから、なんとなくお守りのような感覚で肌身離さず持っていた。

あのローズクォーツと同じように……。

だけど、

「持ってるわけないじゃないですか！」

本当のことを言えば面倒なことになるのはわかっているので、ごまかすようにオレンジジュースを一気に飲む。

「その顔だよ」

グラスを持ったまま砂原部長の方を見るとスッと手が伸び、私の輪郭《りんかく》をなぞる。

「君に一目惚《ひとめぼ》れしちゃったんだよね」

「え？」

――え？

何言ってるの？

私を一人ホテルに残していったのに一目惚れなんてあり得ない。

大方私の反応を見て楽しもうとしているに決まってる。

「あ、あの……もしかしてもう酔ってるんですか？　そもそも一目惚れの意味をわかっていらっしゃいますか？」

鼓動はヘヴィメタルさながらの爆音のようにドクドクと鳴り響く。

「ハハハ、安心して、まだ酔ってないよ。それに一目惚れの意味ぐらいわかってるつもりだけど？」

砂原部長の艶《つや》のある目で見つめられ、私の心の汽笛《きてき》が鳴きわめく。

――一体どういうことなんだろう。

今更一目惚れと言われても、素直に喜べない。

だって私は大きな秘密を抱えているのだから。

「君と一緒に過ごした時間は最高だった。特に体の相性も最高だったしね」

涼しい顔で私の反応を楽しんでいるようだ。

「何を言っているんですか？　私たちは上司と部――」

「だから俺たち付き合わない？」

「え？」

だから……って、なんで今？

メモを残すよりもちゃんと素性《すじょう》を明かしてくれていれば、私は素直にイエスと答えられたし、自分の今置かれている状況だって少しは違っていたかもしれない。

でも付き合えない。

部長は一目惚れって言ったけど、私が妊娠していることを知ればきっと自分の発言を後悔するだろう。

砂原部長は私にとって赤い糸ではない。

かといって黒い糸とは思いたくない。

短い時間だったけど私にとってはあの日は、特別な夜だった。

黙って私の話を聞いてくれて、落ち込んでいる私を勇気づけてくれて、決して否定的なことは言わず、私が欲しいと思う言葉をかけてくれた。

そんな彼と過ごす時間がとても愛おしかった。

だから後悔だってしていない。

だけど付き合うには遅すぎた。

上司と部下であることはもちろんのこと、我が社の社長の家族であるらしいこと。

そして私が妊娠していること。

妊娠を隠して一人で育てようとしていること。

どう考えてもハッピーエンドが見えない。

砂原部長をちらりと見ると、目が合い微笑みかけられ胸が弾けるようにドキッとする。

「む、無理です」

「ハハハ即答だね～。でも俺が諦めると思う？」

砂原部長は動じることなく笑顔で答える。

いや、絶対に無理。

でもその理由は言えず、もごもごしてしまう。

父親が誰であるかを隠して妊娠していることのみを伝えれば諦めてくれるかもしれないが、相手は誰だとか、根掘り葉掘り聞かれるのは容易に想像できる。

妊娠していることは誰にも話してないから、彼にもまだ言えない。

でもなんと言えば諦めてくれるのだろう。

ちらりと砂原部長に視線を向けると、彼はジントニックの入ったグラスを持ち一口飲んだ。

そして……。

「たまたま君と再会したから口説いてると思ってない？　悪いけど俺は君を忘れたことなどなかった」

「え？」

「とにかく俺は諦めないから」

彼の私を見る真剣な眼差しに、嘘じゃないと感じた。

でも私たちは付き合えないし、たとえ付き合ったとしてもお互いが傷つくだけとしか思えない。

「あなたは私のことを何も知らないから……付き合ったとしてもきっと後悔します」

そういうのが精一杯だった。

だけど砂原部長は引き下がるつもりなどない感じで、聞く耳さえ持ってくれない。

それどころか上機嫌でジントニックをおかわりしている。

私のオレンジジュースはというと気を落ち着かせようと飲んでいたため、ほとんどなくなっていた。

おかわりは？　と尋ねられたが断った。

ところが恐れていたことが起こってしまった。

今日は一日つわりの症状がなくて、乗り切れるかもと思っていたが、こんな時に突然襲ってきた吐き気に体が固まる。

唇を噛み締め襲ってくる吐き気が治るのを待った。

「どうかしたのか？」

顔を背け固まっている私に声をかけてきた部長。

本当は声も出したくないぐらい気持ちが悪いが、返事しないわけにもいかず……。

「なんでも……ないです」

自分で言うのもなんだけど、なんでもない声じゃなかった。

しかも一日何も起きなかったツケ？　がきたのか眠気も襲うダブルパンチ。

──よりによってなんでこんな時に？

自分の体を恨めしく思ってしまう。

もちろんこんな私の言葉を部長が真に受けるわけもなく、

「なんともないわけないだろ。大丈夫か？　顔が真っ白いぞ」

「大丈夫……です」

説得力の全くない弱々しい声に砂原部長がため息を吐く。

「誰が見たって大丈夫じゃないだろ」

そう言うと立ち上がった。

帰るんだと思ったらほんの少しの安堵《あんど》と、それとは真逆の寂しさの入り交じった不思議な感覚に襲われる。

だが、私の体は自分が思った以上に苦しかった。

砂原部長が私を立ち上がらせようと手を差し伸べた。

「大丈夫です」

と一度は拒絶したが、

「いいから」

と言って砂原部長が私の手を取った。

「大丈夫か？」

私の体を労る声に、一瞬甘えたくなる。

妊娠していなければ私たちは普通に付き合えたのかな？

拒絶せず、素直に彼の手を取ったら何か変わるのかな?

そんな思いが頭をよぎってしまった。

だが彼は社長のご子息と言われている。

私とは住む世界が違う。

甘えられない。

やっぱり帰らなきゃ。

「大丈夫です。ちゃんと立てますから」

掴まれた手を振り解こうとしたその時、再び大きな吐き気が襲ってきた。

——やばい。

どうしよう。

咄嗟にしゃがみ込もうとした。

だけど、気持ちとは裏腹に急激に襲ってきた吐き気と体のだるさに、私は砂原部長の体に寄りかかっていた。

「おい、つぐみ! 大丈夫か」

彼が私の名前を呼んだ。

こんなに辛いのに、初めて名前を呼ばれて嬉しいと思う自分がいることに、私は改めてまだ彼のことが好きなんだと気づいてしまった。

だけどそんな気持ちに浸ってる余裕などなく、

「すみません」

というだけで必死だった。

「謝らなくていい。とにかく俺に掴まって」

言われるがまま砂原部長の腕に掴まると、そのままゆっくりと出口へと向かった。

すると砂原部長がちょっといいか？　と前置きをして私のおでこに手を当てた。

「やっぱり熱いな。熱があるかもしれない」

——え？　熱？

もちろん、つわりで熱が出る人はいる。

でも私の場合、今まで熱が出たことはなかった。

まさかこんなところで熱が出るなんて。

もしこれがつわりだってことが知られたらすごく困る。

「もう大丈夫です。タクシー拾って帰りますから」

「ダメだ」

エレベーターが来るまでの間も、私は砂原部長に抱きしめられるような形で立っていた。

振り解こうにもそんな力は残っておらず、ポーンという音と共にエレベーターの扉が開き、私たちは乗り込んだ。

そして彼がどこかの階のボタンと閉じるのボタンを素早く押した。

ロビーのある階に止まるだろうと思いながらも光るボタンを確認すると、それはロビーではなく客室のある階だった。

「砂原部長……私か——」

帰るのでロビーまでお願いしますと言いたかったのに、タイミング悪くエレベーターは二十五階で止まった。

「つぐみ、歩けるか?」

「は、はい……でも……私帰れますから」

エレベーターを降りるとやはり客室だとわかり、慌ててエレベーターに乗り込もうとするもパワー不足とタイミングの悪さで扉が閉まった。

「こんな状態で帰せるわけないだろ」

「でも……」

「つべこべ言わない。これは上司命令だ」

「……はい」

正直言って、このまま彼の手を振り解いてエレベーターに乗っても、自力で自宅に帰りつける自信はなかった。

私は砂原部長に支えられながら客室に入った。

「ベッドに横になって。水は？」

「だ、大丈夫です」

吐き気は少し治ったが、熱があるせいか早く横になりたくて、ベッドに倒れ込んだ。

砂原部長がお水の入ったコップを差し出した。

私は身を起こして一口だけいただくと、また横になってそのまま目を閉じてしまった。


なんとも言えないこの寝心地の良さ。

心の中でもう少しだけ寝かせてと自分自身に言って寝返りを打つ。

だが、突然聞き慣れない着信音に目を覚ました。

——あれ？

この感じ、そして見覚えのあるこの光景。

私はガバッと勢いよく起きた。

「やっと目が覚めたか」

聞き覚えのある声にハッとする。

恐る恐る顔を上げるとスーツ姿の砂原部長がマグカップを持って立っていた。

——え？

なんで？

一瞬そう思ったが、昨夜の出来事を思い出す。

「お、おはようございます」

「おはよう。体調はどう？」

「もう大丈夫です。昨夜は本当に申し訳ありませんでした」

砂原部長はベッドに腰を下ろすとペットボトルの水を私に差し出した。

「ありがとうございます」

ペットボトルを受け取ると、勢い良く水を飲んだ。

半分ほど飲み終えると砂原部長の手がスッと伸び、私のおでこに手を当てた。

「……熱は下がったようだな」

「本当にすみませんでした」

「ところで……この部屋覚えてる？」

砂原部長に聞かれて、部屋を見渡した。

見覚えのあるテーブル、テレビの位置もベッドの位置もここから見る景色も……忘れるわけがない。

ここは砂原部長と一夜を共にした部屋だ。

あの日のことは彼が出て行った後に思い出した。

その結果、今私のお腹の中には新しい命が宿っている。

そのことを後悔なんかしていない。

だけど好きだからという理由だけではどうにもならないことはある。

砂原部長は私と付き合いたいと言ってくれたけど、ハッピーエンドを迎えることは困難だと思う。

ダメだ。

ここにいるといろんなことを思い出して切なくなるからもう帰りたい。

何も答えないでいると、砂原部長は話を続けた。

「あの日、急いで名古屋に戻らないといけない用事ができて、君を残して部屋を出たことをずっと後悔していた。だから昨夜はあの時のリベンジがしたかったんだけどね、相当疲れてたんだな」

私の不調は疲労のせいだと思われているらしい。

妊娠に気づかれてないことに内心ホッとしている自分がいた。

すると砂原部長の手が伸び、私の頭を優しく撫でた。

この手が私に触れて……。

あの日のことを思い出すだけで、今でも胸の奥がギュッと掴まれたように痛む。

だけどそれを顔や態度には出せない。

私は上司と部下の関係のままでいないといけないのだから。

「部長のダメ出しのせいですよ」

「ハハ……そうだな。でも顔色も良くなって安心した」

「本当にご迷惑をおかけいたしました」

すると私の頭を撫でていた手が離れたかと思うと、軽く頭をポンポンと叩いた。

「そんなかしこまった言い方はするな。仮にも俺は、好きだから付き合ってくれと言った男だろ?」

こういうことをさらっと言うけど、私の方はドキドキする。

でもどう返事したらいいのかわからず、曖昧《あいまい》な笑顔を作った。

「そうだ、コーヒー淹《い》れようと思ってたんだ。つぐみも飲むだろ？」

コーヒー？

「いいえ結構です」

即答した。

妊娠前は、水を飲むようにコーヒーを飲んでいた。

だけど今はコーヒー断ち……いや、カフェイン断ち中。

「じゃあ、紅茶か緑茶は？」

妊娠しているから控えているとは言えず……。

「最近、カフェインを控えているんです」

理由は言わずにごまかした。

「そうか……」

「すみません」

「そんなことで謝らなくていい。それより……昨夜のことよく考えておいてほしい」

砂原部長は目を細めながら私の髪の毛をゆっくり撫でる。

彼の手が私の顎を捕らえ、熱い眼差しがあの日の甘い夜を思い出させる。

ダメ。こんなことされたら抑えている気持ちが溢れてしまう。

視線を逸らそうとすると砂原部長の顔が近づいてきた。

どうしよう。

この流れってまさかキス？

心臓の鼓動は一気に速度を増す。

「ダメ！」

咄嗟に砂原部長の胸をドンと押した。

「つぐみ？」

砂原部長は目を丸くしている。

「ダメです」

「何がダメなんだ？」

なんて言えばいいの？

キスしたら好きが溢れるからダメ、って言えばいいの？

いや、それはかえって墓穴を掘る結果になる。

じゃあなんて言えばいいの？

他の理由は……。

――あっ、あった！

「だって……どう考えても砂原部長は、私の運命の赤い糸じゃないからです」

説得力はないし納得してくれるだろうかと思っていたら案の定、

「はあ？」

と、間の抜けた声が部屋に響いた。

私は下を向いたまま心の中で、追求しないでと願うばかり。

静まり返った客室。

呆れてものも言えないってことなのかなと視線を向ける。

すると壮大なため息と共に、

「運命の赤い糸ね……」

と呟いた。

やっぱり全く納得していない様子。

きっといい歳《とし》して何を言ってるんだと思っているのでしょう。

私だって今は運命の赤い糸とか黒い糸はもうどうでもいい。

妊娠した時点で、私の心はお腹の子を中心に回っているのだから。

だが次に発した砂原部長の言葉に私は驚く。

「心外だな」

「え？」

「俺は君との出会いに運命を感じた。だから俺の指に結んである赤い糸は、絶対に君に繋がっていると思うんだけどね」

彼の表情は至って真面目《まじめ》だった。

しかも全く引き下がる気配がないんだから。

ここまでストレートに気持ちをぶつけられたら、妊娠していることを告げても受け入れてくれるのではと思ってしまう。

だけど、彼は単なる上司ではない。

いずれは会社のトップに立つかもしれない人。

一社員の私とは不釣り合い。

二人が良くても彼を取り巻く環境が許さないだろう。

それに生まれてくる赤ちゃんが不利になるようなことだけは避《さ》けたい。

だったら最初から、この子のことを知らせるべきではない。

すると再び聞こえてきたのは小さなため息。

「もしかして俺一人が浮かれてたのかな？」

なんだか砂原部長の声のトーンがだんだん低くなっているように感じる。

なんの障害もなければ私だって浮かれていただろう。
でも無理なのだ。
私の中で砂原部長の気持ちを受け入れる覚悟がない以上、何を言ってもダメなのだ。
すると彼のスマートフォンが鳴った。
「悪い」
そう言って彼は電話に出た。
私は複雑な思いを抱きながら彼の背中を見つめていた。
本当に何がお互いにとって最善なのかわからないからだ。

3　まさかのモテ期？

――数日後。

「おはようございます」

「おはようございま～す」

お腹の子の成長と共に私のつわりはひどくなってきた。

今朝もムカムカして何度も込み上げ、唇を噛み締め耐える日々。

頼むから早くつわりが治まってほしいと願う毎日。

そんな私の必需品はミント味のタブレットだ。

自分のデスクに座ると、タブレットを口の中に放り込み、普段通りに振る舞う。

そんな中「おはよう」と清々しい笑顔でガールズ事業部に入ってきたのは砂原部長。

「おはようございます」

女子社員たちは、私に挨拶した時よりもトーン高めで部長に挨拶をする。

私たちが出会わなければ、今頃私も彼女たちと一緒になって部長にときめいていただろう。

でも今の私は挨拶どころか、まともに顔も合わせられない。

お付き合いはできないとお断りしたが、聞き入れてもらえる気配はないといった感じだ。

ただでさえ妊娠していることは秘密にしているというのに、これからどんどんお腹が大きくなった時どうしたらいいのか……。

悩みばかりで何一つ解決策は見つかっていないのだ。

今はただ、ギリギリまでこの秘密がバレないことを願うばかり。

そう悶々としながらメールをチェックしていると、風間くんが顔を覗き込んできた。

「お～～い、なんて顔してんだよ」

「ちょ、びっくりさせないでよ」

風間くんを睨《にら》んだ。

「だったら自分の顔、鏡で見てみろよ。ひで～顔だぞ。眉間《みけん》にしわ寄せて」

風間くんに言われ、引き出しから手鏡を取り顔を見る。

た、確かにひどい。

覇気がない。

もちろん原因はわかってる。

でも仕事とプライベートは分けなきゃダメ。

それに仕事だって山積みなんだからこんな覇気のない顔はしてられない。

喝を入れるように両手で顔をパシパシと叩く。

「これならどう？」

劇的な効果は現れていないけれど、風間くんに色々と追求されたくなくキメ顔を作って見せる。

だが風間くんは何も言わず黙って私を見ている。

「なんとか言ってよ」

「たまには息抜きも必要なんじゃね？」

私の頭をポンポンと叩いた。

「え？」

風間くんの言った言葉の意味がいまいちわからない私は首を傾げる。

「大体お前は仕事に没頭しすぎてんだよ。たまには息抜きも必要なんだって。ってことで今日は定時で上がって俺と飲みに行くぞ！」

「え？」

「だから今日、仕事帰りに飲みに——」

「ごめ——」

妊婦だからお酒は飲めないし、つわりのせいで飲みに行くパワーすらない。

こういう時は家でまったりしたくて断ろうとしていると……、

「随分楽しそうだけど風間くんちょっといいかな？」

私と風間くんの間を割るように砂原部長が立っていた。

「は、はい」

音も立てずにやってきた砂原部長に風間くんも驚きながら立ち上がる。

ちらりと砂原部長に視線を移すと、さっきまでの爽やかな笑顔はどこへ？

一瞬だったが砂原部長の顔が何を企んでいるように見えた。

——え？

まさかわざと？

いやいやそれはないでしょう。

私ったら自意識過剰なんだから。

風間くんがデスクに戻って来たのは三十分後だった。

しかも慌ただしく出かける準備をしだす。

「ん？　あ～イベントの件で、今から営業の塚田係長と砂原部長、それと販促《はんそく》の人と直営店で打ち合わせで、俺にもついてこいって」

メンツを聞いて驚いた。

だって塚田係長と砂原部長と風間くんってみんなイケメンじゃない。

直営店のスタッフのほとんどは女性だ。

これはちょっとした騒ぎになるに違いない。

「すごいメンバーだね」

風間くんは私の言った言葉の意味に気づいたのか、支度をする手が止まる。

「げ！　そうじゃん」

露骨《ろこつ》に嫌な顔になる風間くんに同情を込めて「頑張ってね」と声をかけると、風間くんは鼻にしわを寄せ小さなため息を吐いた。

「悪いけどさっきの話、キャンセルな」

「え？」

「定時に上がれるかわからないからさ。でも今度絶対に行こうな」

「ああ、うん」

飲みに行くのがキャンセルになってとりあえずホッとしたが、別の日に断る理由を考えなくては……。


砂原部長たちが戻ってきたのは定時の三十分ほど前だった。

二人が外出するとうちの女子たちのテンションが一気に低くなってびっくりしたが、戻った途端あからさまにテンションが高くなっていた。

風間くんは椅子に座るなり休む間もなく仕事を始める。

いつもならとりあえずコーヒーって言いながらコーヒーを買いに行くんだけど、仕事に追われてるって感じでもなく、イキイキしてるように見えた。

よっぽどいい仕事ができたのだろう。

そういう姿を見ると自分も頑張らなくちゃと気合いが入る。

砂原部長はというと疲れた様子も見せず部下に指示を出している。

その姿は絵になるかっこ良さ。

気がつけば自分のパソコンの画面よりもその奥に見える砂原課長を目で追っていた。

すると砂原部長とバチッと目が合ってしまった。

びっくりして目を逸らすが、今度は砂原部長が私をじっと見ているのが視界の隅に感じられた。

やばい。

どうしよう。

『とにかく俺は諦めないから』

砂原部長を見る度に思い出すこの言葉。

付き合ったとしてもきっとお互いが苦しむのに……。

でも『お前のことは諦めたよ』って言われたら、それはそれでショックを受けるんだろうな。

ああ、私ってすっごくわがままだ。

そんなことを考えながら仕事をしていると、終業を知らせる音楽が鳴る。

私は自分の体調と相談し、今日は定時で帰ることにした。

風間くんはというと真剣に仕事を続けてる。

「風間くん、お先に失礼するね」

「ああ、お疲れ」

バッグを出して、デスク回りを片付け、最後にパソコンの電源を切ろうとした時だった。

「芦原さん」

その声にドキッとする。声の主は砂原課長だったからだ。

「は、はい」

「今忙しい？」

本当は家に帰って横になりたいところだけど……。

「いいえ。何かございましたか？」

「申し訳ないがこの資料を資料室に返してきてくれないか？　ついでにこれと同じ資料の二年前のものを持ってきてほしい。それが終わったら帰ってくれていいから」

外出していたため部長のデスクの上には目を通さなきゃいけない書類がたくさんあるらしく、忙しそうにパソコンの画面を見ながらの指示。

今の部長は席を立つのもままならないほど忙しいのだろう。

「わかりました」

私は資料を受け取ると、バッグを置き、資料室へと向かった。

資料室に入り持ってきた資料を元の場所にしまうと、砂原部長に頼まれた資料を探す。

ところが……。

「あれ？　ない」

頼まれた資料は私もよく使うものだから、どこにあるかもわかってる。

だけど置いてあるはずのファイルがない。

誰かが間違って別の場所にしまったのかな？

それに、砂原部長も早く資料が欲しいだろう。

ファイルがないことに焦りを感じながら探してみたが、やはり見当たらない。

あまり待たせるのも悪いし、もう一通り見てそれでもなければ、戻って砂原部長に言うしかない。

私は上の段から順番にファイルを探し始めた。

だが必要としている二年前のファイルだけが抜けている。

どれだけ探してもファイルがないということは、きっと誰かが使っているんだろう。

早く砂原部長に報告しなきゃと思った時だった。

急に吐き気が襲ってきた。

――またきたよ……。

そう思ってもこれだけはどうにも慣れない。

会社では吐いたりはしないが、ドラマや映画のようにさっと口に手を当てるあの動作は妊娠がバレる恐れがあるから会社では絶対できない。

それが誰もいない資料室でも、どこに人目があるかわからないからだ。

公表できればここまで注意を払う必要はないのだけれど……。

私は口の中の気持ち悪さをなんとかしようとポケットからタブレットを取り出し、口の中に放り込んだ。

「一体いつまでこんなのが続くのだろう」

肩を落とし思わず声に出したその時だった。

――ガチャ。

資料室のドアの開く音がし、私は慌ててタブレットをポケットにしまった。

もしかして探していたファイルを誰かが返しに来たのかな？　と思って入り口の方に目をやると砂原部長が入ってきた。

まさか私が戻ってこないから様子を見に？

「部長……すみません、ファイルなんですが」

「もしかして探しているのは……これ？」

砂原部長が手に持っているのは私が探していたファイルだった。

「え？　部長それは……」

「申し訳ない。俺が持っていた」

怒りとかはなく、あって良かったという安堵感の方が大きかった。

「そうだったんですか。見つかって良かったです。じゃあ私はこれで」

会釈をして帰ろうとすると、砂原部長が私の手を掴んだ。

「部長？」

私は握られた手と彼の顔を交互に見た。

砂原部長は私との距離をぐっと縮め、私の目線に合わせるように腰を屈めた。

「こうでもしないと君と二人きりになれなくて、わざとないものを探させたって言ったら怒る？」

砂原部長が意地悪に微笑む。

「え？」

じゃあ、わざと？

「それより質問がある。君と風間くんは付き合っているのか？」

突拍子《とっぴょうし》もない質問に、私は驚いた。

「な、何をおっしゃるんですか。違いますよ。風間くんは単なる同期です」

風間くんだって私のことは単なる同僚としか見てないはず。

付き合うなんてあり得ない。

「本当か？」

「本当ですよ。あり得ません。大体風間くんに失礼ですよ」

すると砂原部長はクスッと鼻で笑った。

「ふ～ん。その様子ならあまり心配しなくてもいいってことか」

何をわけのわからないことを言っているの？

それよりやばい。

また気持ち悪くなってきた。

——早く帰りたい！

「それでは、用がなければ私はこれで」

再び帰ろうとするが砂原部長がドアの前に立っていて退けてくれない。

「部長？」

砂原部長が私をドアの横の壁に押しつけた。

え？　な、な、何？

そう思った瞬間だった。

彼の髪が私の頬に当たり、首筋に吸い付くような痛みを感じた。

その瞬間、あの日の夜を思い出しドキッとしている自分に私は驚いていた。

こんな時に私ったら。っていうか一体何？

しばらくすると砂原部長が私から離れた。

「虫除け」

砂原課長は満面の笑みを浮かべると、クスッと笑って資料室を後にした。

え？　虫除け？

虫除けって……何？

私は我に返ると資料室を出てそのまま化粧室へとかけ込んだ。

――ええ！

ちょっと何これ！

首筋に赤紫の痕を発見。

これってキスマーク。

しかも襟《えり》から見えるか見えないかのギリギリの場所だ。

虫除けだなんて。

首筋のキスマークの意味が執着だということを知っていた私は、しばらくドキドキが治まらなかった。

「も〜。全然消える気配ないじゃん」

砂原部長につけられたキスマークは三日経った今もくっきりとその存在を主張していた。

場所が場所だけに、着ていく服にも注意を払わないといけないし、これじゃあ髪の毛も結べない。

私は姿見の前で何度目かの大きなため息をついた。

元々カチッとした服よりカジュアルな服が好きな私は、持っている服も襟ぐりの大きめな服が多い。

でもそれを着ていくと、キスマークが見えてしまう。

なので毎日の服選びが大変なのだ。

今日は襟の少し開いたカットソーに、唯一持っている濃いめのスカーフを巻いてみる。

横で結ぶとなんだかすごく仕事のできるお姉さんぽく見えて、気恥ずかしいが、完全に隠れたので良しとしよう。

そもそも普段あまりスカーフを巻かない私。

出社すると周りの反響の大きさに私自身が驚いた。
そんな中ただ一人、余裕の笑みを向ける人がいた。
砂原部長だ。
俺はなんでも知っている。
だってスカーフを巻かせたのは俺のせいだからね。と言わんばかりの顔。
悔しい。
だが別の反応を示す人もいた。
「なんだよ急に髪の毛も下ろして、大人っぽくしちゃって」
嫌味とも取れる言い方をするのは同期の風間くんだ。
好き好んで巻いているわけではないと言いたい気持ちをぐっと堪え、席に座る。
そしてつわり予防？　のタブレットを口に放り込む。
「なあ、最近よくタブレット食べてるな」
「ん？　そうなの。最近ハマってるの」
やばい。
バレちゃいけない。
でもそんなに食べてるっけ？

「ふーん。そうだ、今日の昼、俺に付き合ってよ」

「え？」

「いや、前に飲みに誘っただろ？　でもしばらく忙しくて無理そうだから」

そういうことね。

普段は節約のためにお弁当を持参しているが、この日はつわりでお弁当を食べられるか自信がなく作ってこなかった。

今日一緒にお昼を食べに行けば、飲みに行くことはしばらくないかもしれない。

「いいよ。今日お弁当忘れちゃったし」

すると風間くんの表情がぱぁっと明るくなった。

「そうか。じゃあ、お昼な」

そう言って打ち合わせに行ってしまった。


お昼になり、私は風間くんと一緒にお昼を食べに行った。

会社から徒歩五分のうどん屋さんだ。

今の私にはぴったりな場所に、『風間くんナイス』と私は心の中でガッツポーズをした。

ワックスが塗られているかのように光沢のある年季の入った椅子とテーブル。

メニュー表も手書きで、カバーが少し破れている。

でも人気があるようでほぼ満席だった。

「うちの会社の近くにこんなお店があったなんて知らなかった」

「だろ？　俺も最近知ったんだ。教えてくれたのは塚田さんなんだけどね」

「そうなんだ。でも本当に美味しい」

私は鶏南蛮うどんを注文した。

白だしにネギと鶏肉が入ったうどん。

さっぱりしてて美味しい。

風間くんはガッツリ日替わりうどん定食。

うどんにご飯、天ぷらの盛り合わせに小鉢付きで値段もかなりリーズナブル。

あまりの美味しさに食べている間ほとんど会話はなかった。

それにしても気を使わない相手というのはいいものだ。

風間くんが女性だったらきっと親友になれたと思うほど。

「おい、何じっと見てるんだよ」

風間くんの頬がほんのり赤くなっている。

「ごめん。いや、風間くんといると気を使わなくていいなって……褒めてるんだよ。風間くんが女の人だったら絶対に親友になってるなって」

「ふーん」

褒めたつもりだけど、あまり響いていないのか、反応が薄い。

でも実際にそうだし、砂原部長はなんか勘違いしていたけど、それはあり得ない。

「確かにな。お前だけだよ。そう言ってくれるのはさ……でも」

「でも？」

首を傾げる私に風間くんがさらに大きなため息を吐く。

「なんでもねーよ」

「何よ。言ってよ。気になるじゃない」

私は髪の毛を耳にかけ、うどんを食べ、上目遣いで風間くんを見た。

すると急に風間くんの表情が強張った。

「どうしたの？」

と尋ねたが風間くんは黙ったまま。

「風間くん？　どうしたの？」

「お前その首の……」

「え？」

風間くんに指摘されてハッとした。

それは砂原部長がつけたキスマークだった。

——どうしよう。

髪の毛を耳にかけてしまったことと、うどんを食べながら話しかけたのは痛恨のミスだ。

「あっ、ここ？　実は最近疲れが首に出てね、こうやって指でずっとぐりぐり押してたんだけどちょっとやりすぎちゃったみたいで……ほら私ってちょっとぶつかったりしただけで痣を作っちゃうから。でも首はまずかったよね～もしかしてキスマークかと思った？　なわけないじゃん、彼氏もいないのに」

身振り手振りで自虐も入れながら早口で説明をし、風間くんの反応を窺った。

最初は疑いの眼差しを向けていたが、納得したのか笑い出した。

「だよな～。お前にキスマークつける男なんているわけないしな」

よかった……なんとかごまかせた。

「ちょっと。それは失礼じゃない？」

口を尖らせ大袈裟なリアクションをした。

だが、話はそれで終わらなかった。

「でもさ、キスマークをつけてくれるような彼氏とか、欲しいと思わないのか？」

――え？

何を言いだすかと思えば……。

「前にも言ったでしょ？　私の運命の赤い糸は他の人より二重三重にこんがらがっているの。だから焦っても仕方ないし待つことにしたの。それに、今は恋より仕事」

「ふ～～ん」

一体どうしてこんな話を？

もしかして風間くんに彼女ができたとか？

「ねえ――」

確認しようとしたが遮られた。

「なあ。その最後の恋の相手だけど、意外と近くにいたりしたらどうする？」

「はい？」

思わず声が裏返ってしまった。

も、もしかしてそれって砂原部長のことを言ってるの？

態度に出ちゃうくらいに私って挙動不審《きょどうふしん》だった？

キスマークのことをはぐらかすために赤い糸って話をしたけど、そもそも今の私はお腹の子のことでそれどころじゃない。

「あ、あのね、それは――」

「ここに」

風間くんが自分自身を指さした。

……え？

箸《はし》を持つ手が止まる。

「はい？」

――どういうこと？

「全くお前って本当に鈍いな～。いいか？　俺がお前の最後の恋の相手なんじゃないかって言ってんだよ」

風間くんは恥ずかしさを紛らわすように勢い良くうどんをすった。

――え？

何を言っているの？

まさか最後の恋の相手が風間くん？

いやいやそれはないでしょ。

仲のいい同期だけど恋愛対象として見たことは……ない。

大体ランチ時の、しかもうどん屋さんで話す内容？

「お、おい。なんてリアクションするんだよ」

「ごめん。だって冗談キツすぎじゃない」

私に彼氏がいないから憐れんでいるのかと思い、ちょっとカチンときたところもある。

だが風間くんは、

「お前さ、速攻で否定すんなよ。俺が冗談で言うわけないだろ？」

風間くんの目がいつもの冗談を言っているような感じではないことに気づき、私の思考回路が止まった。

——嘘でしょ～？

でも今までそんなそぶり全く見せなかった。

どうして私なの？

「ごめん、私は……」

なんと言えばいいの？

「いや、驚かせてごめんな。こんな時に言うつもりなんかなかったんだけど……でも俺の運命の赤い糸はお前だと思ってたよ。だって俺、お前のことを前から好きだったから……」

「え―?」

ずっと前からだなんて寝耳に水。

どうしよう、頭が追いつかない。

風間くんからの告白は嬉しさよりも戸惑いの方が大きかった。

「そのリアクションも俺の中では想定内だったよ。お前が俺のことを全く異性として見てなかったのはわかってたし、しばらくはそれでもいいと思ってたけど……ちょっとのんびりしてられないなって思うことがあって……だから告白したんだよ」

「ごめん……まだ頭が混乱してて……風間くんとはずっと友――」

「わかってるよ。別に今すぐどうこうなんて思ってない。ただ俺が一人で焦ってるだけ」

「焦ってる?」

ますますわからない。

「お前は気づいてないかもしれないが、砂原部長が来てからのお前の様子が変だからさ……」

「え？　でもそれはカピーを人気者にしてくれた立役者だし……」

慌てて否定するが……。

「わかってる。ま～これは男の勘ってやつだから芦原は気にしなくていいよ。とにかく返事は今すぐじゃなくていい。だけど俺がそういう気持ちでいるってことだけは頭に入れておいてくれな」

「う、うん」

友達を強調するように言った言葉は伝わってない？

そもそも気にしなくていいって……知ってしまった以上そんなわけにはいかない。

「おいおい。そんな落ち込んでるような顔すんなよ。俺が傷ついちゃうよ」

「ご、ごめん」

「悪い、せっかくのうどんが冷めちゃったかな？」

「そ、そうだね」

少し冷めてしまった鶏南蛮うどんをすする。

さっきまでのネギの甘みや鶏肉の美味しさは、風間くんの告白の後では何も感じられなくなった。

あまりに衝撃的すぎて、まだ頭が追いつかない。

風間くんはいい人だ。

話しやすいし、性格もいい。

仕事だって頼りにしてる。

だけど、それは恋愛に絡めたものではない。

私のことを特別に見ていたことには驚いたし、むしろこんな私を好きになるなんてすごいと思う。

だけど彼の気持ちには答えられない。

そんなことを考えながらうどんを食べていると、お客が入れ替わり立ち替わり入ってくる。

すでに風間くんは食べ終えている。

「ごめんもうすぐ終わるから……何なら先に戻っていても――」

「いいから早く食べろ」

「はい」

本当は美味しいつゆまで飲みたかったが、そんな気分ではなくなり残りのうどんを食べ終えると店を出た。

だけど、そもそもこんな展開になったのは砂原部長がつけた首筋のキスマークのせいかもしれないのだ。

問題山積みでこれからどうしたらいいの？

ああ、会社に行きたくない。

昨日、お昼休みの時に風間くんから突然自分が赤い糸の相手だと言われ、告白を受けた私は困惑した。

その日の午後から風間くんは打ち合わせで、そのまま直帰だったから会っていないが、今日からどう接したらいいのだろう。

返事だって風間くんが納得するような理由じゃないと意味がない。

かといって妊娠のことは口が裂けても言えない……。

ただでさえつわりで気持ち悪いのに、さらなる問題に気持ちはどんよりしていた。

重い腰を上げ、準備を始めようとした時スマートフォンが鳴った。

電話は後輩カオリンからだった。

こんな朝早く何があったのだろうと思いながら電話に出ると、

『先輩、助けてください』

もしもしもなしに、いきなりのSOS。

「どうしたの？」

『先輩すみません。今日のイベントで配る販促物なんですが、間違って違うキャラのものを持ってきてしまったんです。それでこれから車で会社に戻って取りに行くんですが、このままじゃイベントまで間に合わなくって……先輩助けてください』

今日はカオリンが担当している「プリンセスシュテルン」のイベントが、ショッピングモールの特設会場で開催される。

シュテルンはドイツ語で星という意味で、このキャラクターは星のお姫様。

五～六歳をターゲットにした、女の子に人気のキャラクターだ。

今日は新商品の発売イベントで、本社からも応援に何人か、かり出される。

私に助けを求めたのは、その会場に一番近い場所にいるのが私だったからだ。

「わかったけど……上はそのこと知ってるの？」

『はい。ＯＫもらってます』

スマートフォンから聞こえるカオリンの声は今にも泣きそうだが、私は内心ホッとしていた。

風間くんや砂原部長に会わずに済むからだ。

「わかった。じゃあこのまま会場に向かうよ」

『ありがとうございます！　先輩』

ありがとうと言いたいのは私の方。と心の中で感謝し急いで支度をした。


開店一時間前。

イベント開催時間は十時半。

会場につくと特設ステージはできているものの、それ以外の準備はまだのようで、荷物を積んだカゴ車やカートラックが無造作に置いてある。

すると営業部の塚田係長がやってきた。

「おはようございます」

「おはよう。ピンチヒッターって芦原さんなんだ」

「はい。彼女が来るまでのつなぎですが……それで私は何をやれば」

塚田係長はニヤリと含みのある笑顔を向け指さした。

「君にはシュテルンになってもらう」

「シュテルン……ですか？」

「そう」

塚田係長が満面の笑みを浮かべる。

顔はかぶりもの。くりくりのかわいい目に水色の髪の毛。

宇宙を感じさせるシルエットの黄色いワンピースに黄色のタイツとシルバーのワンストラップのパンプス。

正直私に務まる気がしない。

全身着ぐるみってわけではないものの、頭はかぶりもの。

そもそも私はただいま絶賛つわり中。

私が妊婦だって誰も知らないから頼むんだろうけど、これ引き受けていいものなの？

もし途中で吐き気が襲ってきたら？

だけど妊娠しているからできませんとは言えない。

この仕事私に務まるのだろうか。

「何不安そうな顔してるの？　芦原さんなら大丈夫だって」

塚田係長はフォローするが全くフォローになってない。

口には出せないが全然大丈夫じゃない。

でも断れない。

そもそもこれ要員で私が呼ばれたのだから……。

すると塚田係長は何か思い出したのか、あっ！　と言いながら私を見た。

「どうされました？」

「いや、仕事とは関係ないんだけどね……どうだった？」

「あの……どうだったとは？」

「風間と行ったんだろ？　うどん屋」

昨日のうどん屋を勧めたのは塚田係長だった。

「とても美味しかったですよ。会社の近くにあんな美味しいうどん屋さんがあったなんて知りませんでした」

でも風間くんの赤い糸発言でうどんはすっかり冷めたけど……。

「それはよかった。で？」

「はい？」

「はい？　って……もう～しらばっくれちゃって～悪いけど俺は、風間から全部聞いてるからさ」

もしかして赤い糸発言のこと？

「かしこまった場所より、何気にさらっと言える場所かなって思ってあの店を勧めたんだよね」

ランチ時でサラリーマンの多い店で告白させようとしたの？

っていうか完全につうつうなんだ。

だったら尚更、当事者の風間くんにも返事していないのに塚田係長に言えるわけがない。

「まだ返事はしていません。じゃあ着替えてきます」

私は咄嗟にテーブルの上のシュテルンの着ぐるみを抱えると塚田係長に一礼して、その場を去った。

もう、どうしたらいいの。

風間くんのことも着ぐるみのことも……。

衣装を抱え項垂れていると別のスタッフが現れた。

「シュテルンはここで着替えてください」

パーテーションで作った控え室へと案内される。

シュテルンって呼ばれたらもう断れない。

「は、はい」

スタッフが席をはずすと私はパイプ椅子に座って小さくため息を吐いた。

なんで風間くんは塚田係長にあんなことを話したの？

でもその話をした時、砂原部長も同じ席にいたのかもしれない。

『お前は気づいてないかもしれないが、砂原部長が来てからのお前の様子が変だからさ……』

まさか風間くんは砂原部長を牽制するために、わざと塚田係長にアドバイスを求めたのかな？

でも今更そんなことを気にしたってしょうがない。

とにかく今はカオリンが戻ってくるまでの間、つわりが来ないことを祈るばかりだ。


人生で初の着ぐるみ。

被りものは頭だけだが、思った以上の暑さだ。

喋《しゃべ》っちゃいけないし、全てをジェスチャーで表現しなきゃならない。

もし気持ち悪くなったら？

あまりの難易度に音をあげそうになる。

そんな不安の中イベントが始まった。

動くシュテルンに子供たちのテンションは高い。

でもみんなに「シュテルン握手して」「写真撮っていい？」と、リアルでは考えられないモテっぷりはちょっと気分がいいかも。

そのせいなのかは定かではないが、今のところ吐き気はきていない。

最初のイベントが終了し、客足も一旦引いたので控え室に戻る。

「ハ～っ。あっつー」

頭のかぶりものを取った途端、籠もった空気から新鮮な空気に安堵する。

冷たいタオルをスタッフから受け取った。

この着ぐるみを着ると知った時点でメイクが崩れることは覚悟していたので、思い切り拭き取った。

そしてペットボトルのよく冷えたミネラルウォーターを一気に流し込む。

「ふ～っ」

パイプ椅子にもたれかかりながら大きく息を吐いた。

するとカオリンが顔を覗かせる。

「せんぱ～い！　ありがとうございます！」

背中を丸めながら私の前に立ったカオリンは再度頭を下げた。

「もう大丈夫なの？」

「はい、ばっちりです。ところでこのまま手伝っていただけませんか？　もちろんシュテルンは交代します」

願ってもない申し出。

「全然いいよ」

「よかった～。それではよろしくお願いします」

カオリンと交代した私は、グッズ販売や、ゲームの補佐に回った。

「シュテルンバイバーイ」

小さい女の子が両手を振りながら帰って行く姿を見ていた。

私も数年したら、ああやって子供の手を引きながら一緒にキャラクターに手を振っているのかな……。

まだ正直想像がつかない。

すると突然肩を叩かれた。

振り返ると砂原部長だった。

「お、お疲れ様です」

「お疲れ。今日は悪かったな」

「い、いえ」

毎回毎回突然すぎて心の準備ができない。

「それにしても君のシュテルンが見れなかったのは残念だったな」

ほら、何気にドキッとすること言う。これも困る。

「それより部長はどうしてここに？」

「……来ていたら悪いか？　一応責任者でもあるんだが」

「すみません。そうでした」

ダメだ、公私混同してる？

「急ぎの案件が終わったから、様子見がてら片付け応援に来たんだよ」

「そうですか」

砂原部長は私の肩をポンとやや強めに叩くと他のスタッフの方へ行ってしまった。

それにしてもなんだろう。

モヤッとする。

だって砂原部長が来た途端、他の女性スタッフの動きが急に機敏になってない？

司会の女性にも話しかけてない？

あっ！　何気にボディータッチしてる。

あっちのスタッフも砂原部長をガン見してる。

即売の方の片付けが忙しくて手伝ってほしいのに……。

んん？　あれ？

これ嫉妬なのかな？

いや、気のせいです。

会場の撤収作業が終わった。

砂原部長はカオリンと何やら真剣に話をしている。

私は応援部隊だったので自分の荷物をまとめ、いつでも会社に戻る準備はできていた。

というのも自分の仕事が残っているからだ。

今日は思いのほか体調も良かったし、もう一踏ん張りと気合いを入れていると、カオリンが駆け寄ってきた。

「先輩、今日は本当に助かりました。新商品の売り上げも上々でイベントは大成功でした。本当にありがとうございました」

深々と頭を下げた。

「私も今日は楽しかった。それに最近忙しかったからいい息抜きになったよ」

「そう言ってくれると助かります。そんな先輩に砂原部長からの伝言です」

「え？　な、何？」

身構えるポーズをすると、カオリンはくすくすと笑った。

「そんな身構えないでくださいよ。先輩は直帰でいいとのことです」

先輩はってことは……。

「カオリンは帰らないの？」

「はい。報告書？　まぁ始末書は免れたんですが……」

カオリンは口を尖らせた。

「そっか～。でもいいのかな？　私の仕事残ってるんだけど……」

ちょっと後ろめたい気持ちもある。

「はい。上がってください。上がってください」

カオリンが私の肩をがしっと掴み背中を押しながらイベント会場の外に出そうとする。

あれ？　そういえば……。

「ねえ、そういえば部長は？」

会場を見る限り砂原部長の姿はない。

「部長でしたら帰りましたよ。私だけ社に戻るんです～」

え？　もう帰ったの？　……関係ないけど……。

「頑張れカオリン」

「はい頑張ります。先輩、お疲れ様でした」

カオリンが挨拶すると周りのスタッフもつられるように挨拶をした。

私は会釈をしながら会場を後にした。

――砂原部長は先に帰ったんだ……。

突然現れたかと思えば、知らないうちに帰って行った。

よくわからない人。

ショッピングモールを出て、駅の方へ歩いていると、私の横に一台の白い車が止まった。

ふと横を見ると運転席側の窓がスーッと開く。

「芦原さんお疲れ」

運転席にいたのはなんと砂原部長だった。

――え？

帰ったんじゃ？

「お、お疲れ様です」

「悪いがちょっといいかな」

「なんでしょう」

「乗って」

そう言って助手席を指さした。

「え!? で、でも」

躊躇《ちゅうちょ》する私に砂原部長は、

「いいから乗って」

と強い口調で言うので、私は渋々車に乗った。

それにしても、さっきは帰っていいって言ってたのになぜ？

まさか送ってくれるのかな？

ところが車は私の家とは逆方向に走っていた。

「あの……どこに行くんですか？」

砂原部長は何も答えてくれない。

一体私はどこへ向かっているの？

その後もしばらく会話がなかったが、信号が赤になり車が停まると砂原部長が口を開いた。

「風間くんから告白されたんだろう？」

いきなり何を言いだすかと思えば風間くんのこと？

「よくご存知で」

「当たり前だ。君は俺のものなのだからな」

今度はすごいことを……直球すぎない？

「あのですね部長――」

「まさか虫除けの効果はなかったのか？」

砂原部長がキスマークをつけた場所を指さした。

あれは効果があったというべきなのか？　否か。

見えてしまったことは確かで、それで告白されたようなものだし……。

「五分五分ですかね」

砂原部長はフッと鼻で笑った。

「だったら今度はごまかせないぐらいの虫除けしなくちゃな」

さらっとすごいことを言うけど、ごまかせないくらいってどんな？

いろんな妄想が頭に浮かび顔から湯気が出そうになる。

そんな私の様子をおもしろがっている砂原部長が憎らしい。

車に乗ること二十分。

ログハウスのような建物の前で車が止まった。

車から降りると外はすっかり暗くなっていた。

どうやらここはお店のようだが、特に大きな看板が出ているわけではなさそうだ。

十台程度停められる駐車場はあと一台で満車になる。

人気のお店？　と思いながら砂原部長の後についていく。

木製のドアを開けると、チリンチリンと上についたベル音と共に、賑やかな店内から「いらっしゃいませ」と声が聞こえた。

――レストラン？

すると店員の女性が駆け寄ってきた。

ロングヘアーを一つに束ねたスレンダーな女性。

右目の下に小さなほくろのある美人で年齢は三十代後半といったところだ。

「棗《なつめ》くん、やっときてくれたのね。待ってたのよ」

砂原部長を名前で呼ぶぐらいなのだから相当仲がいいのだろう。

もしかして元カノだったりして？

「ごめん。引っ越しでバタバタしてて……」

「そう……で、落ち着いた？」

「ああ、やっとね」

女性は安堵するように微笑んだ。

私って一緒に来て良かったの？

もしかしてすごい邪魔者なんじゃ？

すると女性と目が合い、慌てて軽く会釈をする。

「ね～！　もしかして彼女が？」

女性がニヤリと笑うと砂原部長は少し照れながら頷いた。

え？

どういうこと？

二人の会話が全く読めず困惑する私。

だが女性は何も言わず厨房《ちゅうぼう》の方へ行ってしまった。

──え？　何？

ますますわからない。

すると今度は厨房からシェフらしき人とさっきの女性がやってきた。

っていうかシェフめちゃくちゃかっこいいんですけど！

砂原部長と同レベル。

店内をよく見ると周りは女性客が七割を占めていた。

「棗、やっと来たか」

やれやれといった感じで腕組みをするシェフ。

「仕方ないだろ。引っ越しでバタバタしてたんだからさ」

面倒くさそうに返事をする砂原部長は、普段会社で見せるような紳士的な雰囲気は全くなく、ぶっきらぼうな中学生？　みたいだ。

「引っ越しでバタバタって……ものを持たないお前が何をバタバタしてんだか」

イケメンシェフが薄笑いを浮かべた。

しかし砂原部長とシェフが並ぶと、イケメンすぎてなんだか別世界にいるような感覚を覚える。

そう思ってるのは私だけではないようで、食事中の女性客の視線が彼らに一点集中していた。

すると砂原部長が後ろで立っている私を自分の横に立たせた。

「紹介するよ。彼女が芦原つぐみさん」

「初めまして、砂原部長の部下で芦原つぐみと申します」

相手が何者なのかいまいちわかってないまま挨拶をすると、シェフと女性の眉間にしわが寄る。

——え？

私変なこと言った？

「ちょっと〜棗くん、部下って何？　彼女じゃないの？」

「だから、ただいま猛烈に口説いてる最中なのでそっとしていてくれよ。義姉《ねえ》さん」

「お義姉さん？」

砂原部長の口から猛烈に口説いてると言われるのはすごく恥ずかしいが、それよりもこの女性がお義姉さんということに驚いた。

するとお義姉さんの横にいるイケメンシェフと目が合う。

「挨拶が遅れてごめんね。いつも弟がお世話になってます。棗の兄の要《かなめ》と妻の梢《こずえ》です」

イケメンシェフに美人妻、そしてその弟……私を除く三人があまりにも眩《まぶ》しすぎて私だけが浮いているみたいだ。

挨拶を済ますと、立ち話もなんだからと案内されたのは一番奥の四人席。

梢さんに席を案内してもらっている間も、食事をしているお客さんの視線が砂原部長に集まっているのを私は見逃さなかった。

――どこにいてもイケメンって注目の的なんだ。

改めて砂原部長のすごさを知った。

すると梢さんがクスッと笑った。

「すごいでしょ～みんなの視線」

「はい」

「どこにいてもこうなのよね？」

梢さんは砂原部長の方を見たが、スルーしてメニューを見ている。

「ちなみに棗くんが女の人をこの店に連れてきたのはつぐみさんが初めてよ」

「え？」

梢さんの言葉が信じられなくて思わず砂原部長を見るが、反論せず黙ってる。

梢さんは砂原部長が何も言わないので話を続ける。

「義姉が言うのもなんだけど自慢の義弟だからつぐみさん、棗くんのことよろしくね」

「いえ、あの私はそんな……」

「そろそろ注文いい？」

砂原部長が口を開いた。

「あ〜〜！　ごめんごめん。でも棗くんが好きな人を連れてきてくれたことがすごく嬉しくって……で、ご注文は？」

ころころと表情を変える梢さんはかわいくて素敵な人だ。

それとは正反対に仏頂面《ぶっちょうづら》の砂原部長。

「俺のおすすめでもいい？」

「は、はい」

結局、一推しだというハンバーグ焼き定食を二つ注文した。

梢さんが下がると砂原部長は大きなため息を吐いた。

「は〜。あの人話しだすと止まんないからな。ごめん、俺が勝手に決めちゃったけど本当によかった？」

「全然いいです。でも素敵なお義姉さんじゃないですか。それに部長にあんなイケメンなお兄さんがいたなんて知らなかったです」

「この店は元々母方の俺の祖父母がやってた店で、今は兄貴たちが後を継いだんだ」

「そうなんですね」

「兄は俺より全然自由で、昔はプロのサーファーになるって言ったけど怪我して断念。でも昔から、共働きであまり家にいなかった両親の代わりによくご飯を作ってくれたんだ」

きっとお兄さんのことが好きで、尊敬しているんだろうな。

普段は決して見ることのない素《す》の砂原部長を見られて嬉しかった。

しばらくするとジュ〜〜という音と共にハンバーグ焼き定食が目の前に置かれた。

焼き皿の上には焼きたてのハンバーグ、その横にてんこ盛りの野菜炒めが盛り付けられている。

ハンバーグにフォークを入れるとそこから肉汁がじゅわ〜っと溢れ出てくる。

ふーふーしながらハンバーグを口に入れると……。

「うわ〜〜美味しい」

お肉の旨味が口いっぱいに広がる。

つわりの症状も今は落ち着いており、美味しくいただけそうだ。

「だろ？」

私の反応に砂原部長は満足しながら食べ始めた。

一番人気というだけのことはあって、周りを見るとお客さんのほとんどが同じものを食べている。

「こんなに美味しいハンバーグ、初めてかも」

満足する私に満面の笑みを見せる砂原部長。

「食べたきゃいつでも言って。今度俺が作ってあげるから」

「え？　部長ハンバーグ作れるんですか？」

驚く私を砂原部長は睨んだ。

「当たり前だ。ずっと一人暮らしだったからなんでもこなせる」

砂原部長がエプロン姿でハンバーグを作る姿を想像してしまう。

でもその姿を見ることはないだろう。

こうやって一緒に過ごしていると、自分の置かれてる状況など忘れ、彼の胸に飛び込んでしまいそうになる。

でも、彼のお兄さんは飲食店を経営してる。

社長の一族であるのならそんな自由はきかないだろうし、お兄さんも我が社の社員でもおかしくないはずだろう。

それならもしかすると例の社長のご子息って噂はデマだったり？

いやいや例え事実ではなかったとしても、元から恋人同士だったわけでもないのに一夜の恋で妊娠した。そのことを知って手放しで喜ぶとは思えない。

だったらこのまま妊娠のことも隠し通し、彼への気持ちに踏ん切りをつけないといけない。

砂原部長の熱い視線を感じながらも、私は自分に何度も言い聞かせ、ハンバーグを味わったのだった。


翌朝、駅の改札を出ると後ろから名前を呼ばれた。

振り向くと風間くんがいた。

「お、おはよ」

ダメだ。あれから意識しすぎてまともに風間くんの顔を見ることができないのだ。

風間くんはそんな私の反応を見て盛大なため息を吐いた。

「お前さ～顔に出すぎ。頼むからいつも通りでいてくれ」

そんなこと言われても、意識するなというのが無理難題。

だったら何も言ってほしくなかった。

と思いながらも結局そのまま一緒に出社すると……。

「「おはよう～」」

偶然だが声が重なってしまった。

それに真っ先に反応したのがカオリンだ。

「あっ！　先輩おはようございます。昨日は本当にありがとうございました。それにしてもお二人息がぴったりですね。このまま付き合っちゃえばいいのに」

みんなに聞こえるような大きな声で言うもんだから、他の社員の視線が一斉に私たちに集まる。

——ちょっと勘弁してほしい。

「何、バカなこと言ってるんだよ。冗談は顔だけにしてください」

風間くんが嫌そうな顔をしながらデスクに座った。

カオリンは、

「え～つまんない」

と口を尖らせた。

カオリンは一体、何を期待しているのだろう。

「つまらないって……言っておくけど私たちは単なる同期だよ」

文句をぶつけると、カオリンは私にすり寄ってきた。

「え～だって～もしお二人が付き合ったら先輩、女子社員全員を敵に回すってことになるんですよ〜〜なんか面白そうじゃないですか〜」

女子社員全員が敵？　考えただけで寒気がする。

ちらりと風間くんを見ると、何食わぬ顔でメールの確認してる。

「面白くないから」

そう言って私もパソコンの電源を入れた。

メールの確認と返信作業が終わった頃だった。

「芦原さん、風間くんちょっといいか？」

砂原部長に呼ばれミーティングルームへ移動した。


「失礼します」

ミーティングルームに入ると、砂原部長と開発担当の柘植《つげ》さんがいた。

「朝早くごめんね。昨日芦原さんいなかったでしょ〜。試作品が昨日できたんだけどね、みんなの意見が聞きたくて」

差し出されたのはロピとピーナのぬいぐるみだった。

「うわ〜！　かわいい〜〜」

「生地の素材はカピーと同じものでいこうと思ってるんだけど、問題は色なんだよね

〜」

柘植さんは生地見本をテーブルに並べた。

「ロピの白はもうちょっと暗くしてもいいかな〜」

「そうだな。逆にピーナの黄色はもうちょっと明るくてもいいな。……これなんかどうかな？」

「う〜ん……こっちの色の方が」

生地見本と試作品を照らし合わせながら意見が飛び交う。

こんな時に思うのはなんだけど、砂原部長と風間くんが並ぶとなんだかすごいオーラを感じる。

二人ともかっこいいから、どんな仕草も絵になる。

「……ら……おい！　芦原」

「は、はい」

「お前何ぼーっとしてんだよ」

「ご、ごめん」

風間くんが横に一歩近づいて呟く。

「こっちの黄色とこっちの明るい黄色、芦原さんならどっちがいい？」

生地を私の前に差し出すとばっちり目が合った。

ダメだ、意識しすぎてしまう。

「私もこの明るめの黄色がいいかと……」

仕事モードに切り替わったが、砂原部長がなんだか怒ってるようにも見えたのが気になった。

自分がリーダーなのにぼーっとしていたからかな？　って思ったけどそうではなかった。

「じゃあ～この色でもう一度作ってみますね」

柘植さんがいち早くミーティングルームを出た。

続いて風間くんも他の打ち合わせがあるみたいで慌ただしく出て行った。

私も持ち場に戻ろうとしたが、案の定砂原部長に呼び止められた。

「なんでしょうか？」

さっき少し怒った様子だったから「たるんでいるぞ！」って怒られるのかと内心ビビっていたのだが、どういうわけか砂原部長はドアの鍵をかけた。

――え？

なんで？

「部長？」

さっきから笑顔の消えた砂原部長の顔を見たら無意識に後ずさりしていた。

だが狭いミーティングルーム。数歩で壁にぶち当たる。

打ち合わせの時には決して見せなかった鋭い視線に私は動けなくなる。

「風間と仲良くご出勤したかと思えば、ミーティングでも随分彼の方を見てたよね」

「え？　一緒って……あれは駅で偶然一緒になっただけで、ミーティングだって見ていたのは風間くんではなく……ぬいぐるみです」

咄嗟にぬいぐるみって言ったけど、本当は風間くんと砂原部長の二人を見ていた。

でもそんなことを正直に言えるわけがない。

「へ～ぬいぐるみね」

意外にもあっさりと納得してくれてホッとしたのも束の間。

突然距離を縮めると、私の耳に唇を当てた。

「ぶ、部長？」

「あんまり俺を嫉妬させるなよ」

砂原部長はわざと耳に息を吹きかけるように囁くと私の耳をぺろっと舐めた。

「ひゃん！」

全身がゾワゾワっとして変な声が出てしまい、慌てて両手で口を塞ぐ。

そんな私を砂原部長は満足そうな笑みを浮かべて見ている。

「会社でそんな声出したらダメだよ。襲いたくなる」

「ええ？」

驚きのあまり声にならない声を出す私に、ポンと肩を叩くと彼は鍵を開けた。

「そういうことだから、芦原くんよろしく」

そう言って何食わぬ顔で部屋を出て行った。

私は顔の火照りが治まるまでしばらくミーティングルームから出られなかった。


それから数日が経ったある日。

社員食堂でお弁当を食べていると、カオリンがニヤニヤしながら私の前に座った。

「先輩、私、聞いちゃったんですけど～」

と言って周りをキョロキョロした後、前のめりになって近づいてきた。

「今、聞いちゃったんです」

カオリンの声は私に聞こえるか聞こえないかの小さな声だ。

「何？」

カオリンは聞いて驚かないでくださいよ～。と前置きをすると得意げな顔で、

「うちの部長って社長の息子だそうです」

「え？」

私のリアクションがカオリンの予想とは違っていたのか、露骨に顔を曇らせた。

「え～？　もしかして知ってました？」

「知っていたっていうかただの噂よね？　……だって社長と部長って苗字が違うんじゃない？」

確かに、以前風間くんからそう聞いていた。

だけど先日、砂原部長とお兄さんのお店に行った時に、もしかしたらガセなのかもしれないという思いもあったからだ。

「それ噂じゃないですよ。だって私聞いたんですもん」

カオリンの話によると、エレベーターに役員と秘書が乗っていて、その二人の会話で砂原部長が社長の息子だと知ったというのだ。

二人の話によると、部長は砂原と名乗っているが、緒方姓で入社したら社長のご子息だとバレてしまう可能性があった。

元々入社前から、社長のご子息が入社するという噂があったのも事実だったらしい。

砂原部長としては一社員として扱ってほしいという想いがあり、母の旧姓である砂原姓を名乗っているというのだ。

「そうなんだ」

それにしてもよくここまでの話を聞けたものだと感心する私にカオリンは、役員が砂原部長のことを高く評価していたからだと言った。

「すごくないですか？　ただでさえイケメンなのに超がつく高スペックですよ。あれで彼女いないとかあり得ない。私頑張っちゃおうかな～」

やっぱり部長の本名は緒方で、社長のご子息だったんだ。

心の中でそうあってほしくないという気持ちがあった。

もしかすると今までの私に対する好意は、結婚までの単なるお遊びに過ぎないのかもしれない。

だって私に本気になるなんてどう考えてもあり得ない。

ますます彼への気持ちを封印しないといけないと感じた。

4 ライバル出現？

数週間が経った。

相変わらずつわりはあるものの、ピークは過ぎたかなという感じだ。

とは言っても急に吐き気が襲ってくることはまだあり油断はできない。

だけど、食欲の方はだんだん戻ってきた。

この日、後輩たち三人とお昼休みに会社近くのカフェでランチを食べていた時だった。

カオリンの視線がある一点に集中している。

「カオリン何してんの？」

声をかけるとカオリンが「シーッ」と言いながら人差し指を口に当てた。

そして声を潜《ひそ》め、

「横の窓際見てください。何気なくですよ何気なく」

私たちが言われた通り何気なく窓際に目を向けると、シャンプーのCMに出てきそうな光沢のあるさらっさらのミディアムボブの女性が、頬杖をつきながら誰かと話していた。

時折髪の毛を掻《か》き上げる仕草は同性の私が見ても色っぽいと感じるほどだった。

もちろんスタイルも抜群で、神様は不公平だと感じずにはいられなかった。

「なんか同じ人間とは思えないな」

どれでもいいから一つ分けてほしいと考えていると、後輩の一人が口をあんぐり開けたまま固まっている。

そしてカオリンは、

「先輩からはちょうど見えないんですよー！　ちょっと椅子を引いて何気なーく見てください」

「えー？」

なんでそんなに小声じゃなきゃいけないのかと思いつつも、言われたように椅子を引いて女性の席を見た。

——え？

どういうこと？

砂原部長がスレンダーで髪の綺麗な美女とランチをしていたのだ。

私の驚いた顔に、カオリンが得意げな顔を見せる。

「ね～。すごくないです？　あんな美女と昼休みにカフェでランチですよ」

「なんか絵になると言うか太刀打《たちう》ちできない雰囲気だよね～」

敗北感を露わにする後輩たち。

一方私はまだ言葉が出ず、ただ二人を見ていることしかできずにいた。

そんな中二人は興味津々な様子で話を続ける。

「やっぱりあの人部長の彼女かな？」

後輩たちが声を潜め話をしているのをただ聞いていた。

だって本当にお似合いなんだもん。

どんな話をしているのかはわからないが、すごく楽しそうなのが遠巻きでも十分わかる。

「絶対彼女だよ～」

「だよね～。でもこれで我が社のイケメンで唯一のフリーは風間さんだけになったたってこと？」

「うわ～競争率高そう～」

後輩たちの話は盛り上がっているが、私はその中に入っていけなかった。

私の思考は美男美女の姿に一点集中していたからだ。

あんな美人がいるならなんで私に声かけたの？

なんで彼女はいないって嘘をついたの？

もちろん私は砂原部長とお付き合いするつもりはしないし、妊娠のことも伝えるつもりもない。

だけどなんか弄《もてあそ》ばれたって思いが沸々と湧いてきてしまうのだ。

そりゃあ私が思っていることはすごくわがままで自己中心的だと思う。

子供が授かったことは伏せて勝手に産もうとし、部長からの告白を断固拒否していた。

でも砂原部長は社長のご子息だって知ってしまったし、そもそも住む世界が違う。

あの女性の持っているバッグは地味だけど間違いなくハイブランド。

服だって質の良いものを身につけている。

砂原部長にはああいう女性の方が相応《ふさわ》しい。

砂原部長にとって、赤い糸は私ではなく彼女なのだろうか。

いや、きっとそうに違いない。

「――輩？　……先輩？」

「ん？」

「もうどうしたんです？　もしかして風間さんのことでも考えてたんですか？」

なんでここで風間くんが出てくるの？

――え？

「は？　ち、違うよ」

慌てて否定するも後輩は勝手に話を続ける。

「でもさ～風間さんって先輩と話をしている時が一番楽しそうにしてると思わない？」

「うん確かに」

カオリンが大きく頷いた。

「それは私と風間くんが同期だからで――」

「でも、先輩なら許せちゃうんだよね～」

カオリンが納得するように頷く。

「何が許せるの？」

カオリンの言おうしていることが理解できず尋ねる。

「ですから、私たち的には先輩と風間さんが付き合うのは許せるって話ですよ」

「意味がわからないんだけど……」

「風間さんって先輩以外の女性に対しての接し方が冷たいというか、目が笑ってないんですよ。もちろん仕事以外でってことです。きっと風間さんを笑顔にできるのは先輩だけなんだって思ったら許せるわけです」

それは風間くんのことを何も知らないのに近づく女性がいるから、意識的に冷たくしているんだと思う。

だけどそのことを言ったところで、納得するようには思えず反論するのは控えた。

ただ事実として私は風間くんに告白されている。

風間くんはなんでも話せる唯一の同期だ。

だけどやっぱりそれ以上にはなれない。

たとえ砂原部長のことがなかったとしても、答えは同じだったと思う。

だが今はそれよりも、砂原部長と一緒にいる女性のことが気になって仕方がなかった。

お昼休みが終わって持ち場に戻ると、カオリンがすかさず風間くんに話しかけた。

もちろんその内容は砂原部長が恋人と思しき美女と一緒にいたことだ。

「なあ。さっきの話本当なのか？」

カオリンが一通り話をし、自分のデクスに戻った途端質問は私に向けられた。

「知らないよ。ただ、綺麗な女性とランチをしてたってことは確か」
パソコンの画面を見ながら淡々と答えた。
本当は心中穏やかじゃないんだけど。
「ふ〜ん。じゃあもしかしてライバルが消えたかもしれないってことかな」
独り言のように呟く風間くんに私は聞こえないふりをした。
するとガールズ事業部の入り口がなんだかざわつき出した。
なんだろうと首を伸ばしパソコンの横から入り口に目を向けるとカオリンと目が合う。
——え？
彼女は驚きながら何かを訴えるような目で私を見た。
何？
口だけ動かしてカオリンを見るとなんだかよくわからないジェスチャーをした。
意味がわからないと首を振ると入り口を指さした。
——ええ？
そこには砂原部長と、その横にあのスレンダー美女が立っていた。
びっくりして固まっていると、風間くんが声をかけてきた。

「おい、芦原どうかした？」

風間くんの問いかけに私は何も言わず、入り口を指さした。

「ん？　部長がどうか……ってあっ！　加地谷《かぢや》さんだ」

「え？　風間くんあの人知ってんの？」

驚いて風間くんの方を見ると、うんうんと頷いた。

「あの人は庵新社《いおりしんしゃ》の人だよ」

庵新社は大手広告代理店だ。

我が社とは古くからのお付き合いをしているが……。

「え？　でも庵新社さんなら落合《おちあい》さんじゃなかった？」

「ああ～あの時お前イベントの助っ人でいなかったもんな。落合さんは昇進して異動になったんだよ。それで後任として加地谷さんともう一人、上村《うえむら》さんだったかな？　その二人がガールズの担当になったんだよ」

「そんなこと知らなかったよ」

「え？　一応不在の人には机の上に名刺置いてったと思うけど？」

「そ、そうだった？」

私は引き出しを開けて名刺ケースを確認した。

――あっ……。

風間くんの言う通り名刺は確かにあった。

気づかなかったというか、知らないって怖い。

でも顔を見るのは初めてだから気づかなかった。

「ごめん。名刺あった。恥をかくところだった」

「仕方ないよ。あの日は芦原もいなかったし、バタバタしてただろ？　他の女子たちもほとんど外だったから加地谷さんと直接会ったのもごく数人。知らない人の方が多いよ」

――ってことは砂原部長とあの女性は恋人じゃない？

でもさっきのランチでの様子は単なる取引先相手って感じじゃなかった。

だからカオリンたちもざわついてたのだ。

しかも砂原部長が異動してきてから庵新社の担当者が変わるってタイミング良すぎじゃない？

――深読みしすぎかな？

「ってことは……部長がランチしていた相手は加地谷さんだったのか。でもすごいな～あの二人」

「何が？」

「塚田係長が言ってたんだよ。部長の元カノは加地谷さんだって噂があったって」

「それ、本当なの？」

平静を装っているつもりだけど内心はドキドキのバクバク。

もっと詳しく聞きたいけど、もう一人の私が、

【聞いてどうなるの？　彼には頼らずなんでも一人でやるって決めたんだよね？　彼と付き合うことはないんだよね】

と囁く。

「――原、おい芦原聞いてる？」

「ん？　あっ、ごめんもう一回教えて」

風間くんは黙って私の顔をじーっと見ていた。

「顔にすごく気になるって書いてあるよ」

風間くんは不機嫌そうに視線をパソコンの方に向け、仕事を続けた。

「いや、だから、あまりにもお二人がお似合いだったから……単なる興味本位で」

これ以上話を聞けるような感じではなかったので、私も仕事に戻った。

ちらりと砂原部長の方を見ると、加地谷さんと課長の三人で会話をしている。

課長は別として、砂原部長と加地谷さんはとても目立つ上に絵になる。

逆に私と砂原部長じゃ、どう考えても不釣り合いな凸凹コンビ。

仕事に集中しなきゃいけないのにあの二人のことが気になって集中できず、気分転換に自販機でホットココアを買いに行こうと思い立ち上がった時だった。

「芦原さんちょっといいか？」

砂原部長に呼ばれた。

手に持った小銭入れを引き出しに戻しデスクへ。

「お呼びでしょうか」

すると、私の横に並ぶように立っていた加地谷さんが私に微笑んだ。

「芦原さんですよね？　ご挨拶が遅くなりました。落合に変わりましてガールズの担当をさせていただくことになりました庵新社の加地谷と申します。どうぞよろしくお願いいたします」

「こちらこそ、芦原です。よろしくお願いいたします」

私はポケットから名刺ケースを取り出すと加地谷さんに名刺を差し出した。

簡単な挨拶を済ませると、砂原部長が少し打ち合わせしたいからミーティングルームにきてくれと言うので、私は資料を取りにデスクに戻った。

するとアンテナを張っていたカオリンが私の背後から顔を出した。

「先輩！」

「な、何？」

「あの二人付き合っていたって本当ですかね」

「もう、さっきから何言ってんの？　仕事しよう」

「は～い」

カオリンは口を尖らせながらデスクに戻った。

先輩面した言い方しちゃったけど、実は誰よりも気になっているのは私なのかもしれない。

ミーティングルームに入ると、砂原部長の姿はなく、加地谷さんと課長がいた。

担当者が変わったので共有事項の確認だった。

「落合からは引き継ぎしましたが、漏れがあるといけないので」

「わかりました。よろしくお願いします」

加地谷さんはとても仕事のできる女性だった。

見た目は美人だから緊張したけど、とても話しやすくて、思った以上にかわいらしい人だった。

一番驚いたのは、彼女のバッグ。

やっぱり私が予想していたハイブランドのものだった。

だけどその中にはなんとカピーグッズがたくさん入っていた。

ペンケースにボールペン、キーホルダー付きのマスコット人形。

「ごめんなさい。バッグの中が黄色だらけで。私カピーが大好きで……」

「そうなんですか？」

驚く私に加地谷さんはすごく嬉しそうにポケットからハンカチを出したのだが、それもカピー。

「はい。ですから自分が担当になれて本当に嬉しいんです。でも砂原部長には内緒ですよ」

「は、はい」

——なぜ？

と思ったけどそれは口にしなかった。

それにしても人を外見で判断してはいけない。

と同時に、きっと男性はこういうのにギャップ萌えとかするのかな？　とも思う。

だって美人なのにかわいらしさも兼ね備えていて、同性の私でもかわいいと思ったのだから。

いやいや加地谷さんの場合、ギャップとか関係なしにモテる。

三十分後、打ち合わせを終えると、加地谷さんは挨拶して帰ると言ってガールズ事業部へ。

それからしばらく砂原部長と打ち合わせをした後、彼女は帰って行った。


定時になり、帰り支度を終えて立ち上がった時だった。

砂原部長がホワイトボードに『打ち合わせ↓直帰』と書き込みをすると急ぎ足で出て行った。

「打ち合わせって書いてあるけど本当はデートだったりして」

後ろの席にいたカオリンが椅子に座りながら私の横に移動して来た。

「え？」

そう口に出したものの内心ハラハラしていた。

「だって元カノって噂じゃないですか〜これで元サヤになったら何人の女子社員が泣くんでしょうね」

「……そうだね」

カオリンの話に合わせたけど、実際は本音だったりする。

会社を出たもののあの二人のことが気になって、なんだか家に帰ってご飯を作る気力もない。

とりあえずマンション近くのコンビニで何か適当に買って帰ろう。

そう思いながら駅へと向かっていた時だった。

長身で見覚えのある女性が車道の方を向いて立っていた。

手に持っているカピーの形をしたスマートフォンケース。

――加地谷さんだ。

すると彼女の前に一台の車が止まったが、それを見てまたハッとした。

見覚えある白いセダン。

それは砂原部長の車だからだ。

加地谷さんが笑顔を向けながら車の後部座席に乗り込むのを、私は離れたところで呆然と見ているだけだった。

『打ち合わせって書いてあるけど本当はデートだったりして』と冗談ぽくカオリンが言っていたが、あながち間違ってなかったりして……。

散々アプローチされたけど、単なるつなぎ？　それとも暇つぶしだったのかな？

だったら……遊ぶ相手は選んでほしかった。

結局私の周りは黒い糸の男性しかいないのかな。

「は～」

私は大きなため息をつくと家路についた。


——翌日。

昨夜は全く眠れなかった。

帰宅した途端つわりで気持ち悪くなったり、考えないでいようと思っても二人のことが気になっていたからだ。

そのせいかわからないが、今日もあまり体調が良くない。

時期的につわりも治まる頃なのに……。

でもそんな弱音は吐いてられない。

だって今日は大事な会議があるのだから。

目の下のクマも気になるからメガネをかけての出勤。

「おはようございます」

「おはようございます」

自分のデスクに座るとバッグからタブレットを取り出した。

すると私の後に出勤してきたカオリンがやってきた。

「先輩おはようございます。あれ？　メガネ……珍しいですね～」

「ん？　うん……昨日調子こいて夜更かししたから化粧のノリも悪くて」

嘘は言っていない。眠れなかったを夜更かしに変えただけ。

「そんなこと言ってどうせ先輩のことだから……家に仕事持ち帰ってたんじゃないですか？　今日は大事な会議ありますもんね～」

実は今日は会議三昧《ざんまい》なのだ。

商品のサンプルが全て出揃うので、それの打ち合わせ。

そしてもう一つの会議は発表イベントの打ち合わせ、これには加地谷さんも参加するので少々気が重いのだ。

昨日あんな場面を見てしまったし……。

それになんか砂原部長を見たら、なんかいろんな思いが顔に出ちゃいそうで怖かったからだ。

メガネにしたのだって、目の下のクマもさることながら、砂原部長の顔を直接見たくないからだ。

確かに私たちは付き合っていない。

お腹の子のことだって誰にも話していないし一人で産んで育てることは決定している。

だけどもしみんなが噂しているように元サヤってことになって、結婚とかしちゃったら？

お腹の子のことが万が一、二人に知れたら。

子供の存在は嬉しくはないだろう。

そう思うと自分の決心が鈍りそうになる。

「芦原、もうそろそろ行くぞ！」

いつの間にか隣にいた風間くんに声をかけられる。

「う、うん。カオリンも行くよ」

「は〜い」

私は資料を持って立ち上がった。

そうだ、風間くんもいたんだ。

でも、今の私は仕事に没頭したい気分なのだ。

ごめん。例の返事はまだできないよ……と風間くんの背中を見ながら思った。

「かわいい〜」

甲高い声をあげたのはカオリンだ。

会議室の後ろに並べられたのは、これから発売されるカピーの友達キャラのロピとピーナのグッズのサンプルたち。その中から商品化するものを決める会議なのだ。

各部署の担当者が集まった。

最後に来たのは砂原部長。

正直言って今は顔を見たくない。

だから配られた資料だけを見ていた。

説明をしている時も絶対に視線を合わせなかったし、ディスカッションしている時も絶対に視界に入らない角度で顔を上げていた。

もちろん、並べられたサンプルを見ている時も、一定の距離を保って、近づきそうになると誰かに話しかけた。

その努力のお陰で私はなんとか最初の会議はクリアできた。

会議が終わると誰よりも先に会議室を出た。

実は会議中に何度か込み上げてきたからだ。

しかもこういう時に限ってタブレットを忘れてしまったのだ。

口の中をスッキリさせたくデスクに戻ろうと早歩きをしている時だった。

「芦原！」

名前を呼んだのは風間くんだった。

「何？」

振り返りながらも足は前へ前へと進める。

「昼一緒に行かね？」

「いいけど」

ちらっと時計を見るとあと五分でお昼休みに入るところだった。

デスクに戻ると午後からの会議の資料を用意する。

「今日は一日会議だから疲れるな～」

「本当に……」

さっきからちょっとつわりの症状が出てきているから、早めに終わってほしい。

するとカオリンがため息を吐きながら戻ってきた。

目が合うと、

「ああ～先輩いた～！」

と口を尖らせながら駆け寄ってきた。

「どうしたの？」

「どうしたじゃないですよ。今まで部長に捕まってたんですけど～」

私と風間くんは顔を見合わせた。

「なんで？」

「それが、なんで先輩がメガネかけてるのか？　だとか体調悪いのか？　とか先輩本人に聞けばいいのになぜか私に聞くんですよ。先輩、部長となんかあったんですか？」

カオリンが不服そうに言ったがホッとした。

「な、何にもないよ。で？　なんて答えたの？」

「そりゃ～そのまんまですよ。夜更かしして目にクマができたそうですって。もちろん仕事熱心ってことも言っときましたよ」

どうだすごいだろうとでも言いたげに腰に手を当てるカオリン。

「ありがとう！　ところで今から風間くんとお昼行くけどカオリンも一緒にどう？」

いつもなら即答するカオリンだが少し間を置き、

「……いいんですか？　ついてって？」

となぜか私ではなく風間くんの方を見た。

「なんで？　いいわよね？　風間くん？」

すると風間くんも少し間を空け、

「いいよいいよ」

と少々投げやりに返した。

そんな風間くんを見てカオリンは私にではなく風間くんに、

「それでは喜んでおともします」

と笑みを浮かべた。

会社近くのうどん屋さんに入りオーダーすると、

「午後から加地谷さんですね～」

カオリンが加地谷さんの話を始めた。

「……うん。そうだね」

当たり障りのない返事をするとカオリンは話を続ける。

「昨日の部長、打ち合わせからの直帰だったけど、加地谷さんとデートだったりしてって昨日、風間さんと盛り上がったんですよね～風間さん？」

カオリンは口角を上げ風間くんにふった。

「盛り上がってたのはお前だけだろ？」

風間くんの表情はちょっと強張っている。

「えええ？　そんなことないですよ」

私はカオリンと風間くんが盛り上がった盛り上がってないの押し問答をしているのをぼーっと眺めていた。

やっぱりなんか調子が悪い感じがする。

大好きなうどんが目の前にあるのに食欲がない。

「先輩！　メガネメガネ」

メガネがうどんの湯気で曇っていても気づかない。

こんな調子で午後からの打ち合わせ大丈夫なのかな……心配になってきた。

でもここであからさまにうどん食べなかったりすると二人にあれやこれやと質問されそうなので、無理やり食べた。

お陰でますます会議が心配になった。

うどん屋さんを出て三人で歩いていると、カオリンが銀行に行くことを思い出したみたいで気がつけば風間くんと二人きり。

「芦原」

「何？」

「さっきからずっと思ってたんだけど今日の芦原すごく変だぞ。ま～俺がどうした？って理由を聞いたところで言わないんだろうけどな」

よくわかってらっしゃる。

でも、つわりとあの二人のことが気になって仕方がないです、なんて言えない。

「ちょっと疲れただけ。だから朝、栄養ドリンク飲んだんだけど、あれって即効性はあっても持続性がないのよね」

本当は飲んでないけどね。

「フッ。何おっさんくさいこと言ってんだよ」

「ひどい！　おっさんくさいはないでしょ～」

「あはは。まぁあと半日だし、頑張ろうぜ」

風間くんは私の肩をポンと叩いた。

「うん」

あ～あ、恋愛するなら風間くんみたいな人の方がきっと幸せなんだろうな。

だけど、彼と恋人にはなれない。

私の心の中にいるのはただ一人砂原部長。

お腹の中の子の父親だってことを抜きにしても、初めて会った時の気持ちが薄れたことはなかったし、彼と過ごす時間が増えただけその存在は大きくなっていた。

だからといってこの思いを断ち切るために風間くんを利用するなどできない。

私はどうしたらいいの？


午後の会議は新キャラの発表イベント会場のレイアウトの確認やイベントの内容などの細かい打ち合わせが行われるため、各部署から担当者が集まる。

私たちはその準備のために三十分前に会議室に入った。

すると私たちよりも先に庵新社の加地谷さんと上村さんが来ており、二人は砂原部長と話をしていた。

「やっぱりお似合いですね、あの二人」

カオリンが私に耳打ちする。

言われなくてもわかっている。

だから視界に入れたくない私は見ないようにしていた。

「そんなことより、準備しないとみんな来ちゃうわよ」

「は～い」

カオリンに偉そうなことを言ったが、多分誰よりも二人が気になっているのは私だろう。

それに、あの二人を見たくなくてメガネをかけてるのに、気になって気になって仕方がない。

しかも気持ち悪くなってきた。

食欲がないのに無理やりうどんを食べたからかも。

お願い、今日は大事な会議だからつわりはこないでね。

私は気合いを入れるため頬を叩いた。

するとその音に反応したのか、こちらを見た加地谷さんと目が合ってしまった。

「芦原さん、今日はよろしくお願いします」

「い、いえこちらこそよろしくお願いいたします」

すると加地谷さんが私の顔をじっと見た。

「あれ？　今日はメガネなんですね？」

あなたたち二人のことで寝不足でした、だなんて言えるわけがない。

「すみませんお見苦しい姿で……ちょっと夜更かししてしまって」

「仕事のしすぎなんじゃないですか？　無理なさらないでくださいね」

「そうですね。気をつけます。あのよかったら、お席にお座りください」

砂原部長の真向かいの席に案内した。

各席に資料を揃え準備が整ったところで会議室に担当者たちが入ってきた。

私と風間くんはパソコンの画面を見ながら最終チェック。

「なあ」

風間くんが呼んだ。

「何？」

「やっぱりちょっと顔色悪くないか？」

「そんなことないよ。照明のせいなんじゃないの？」

だが、実際は風間くんの言う通り、さっきよりも調子が悪くなっていた。

「もし、会議中に調子が悪くなったらペンを置け」

「え？」

「倒れられたら会議どころじゃなくなるだろう？　ペンを合図にタイミング見計らって退室させる」

「いいって。今日は大事な会議だし大丈夫よ」

「何言ってるんだ。俺だってこの件は全て把握してるから無理するな」

「……ありがとう」

なんだろう、弱ってる時に優しくされると泣きそうになる。

今は風間くんの優しさに甘えたい気持ちが見え隠れしている。

それに仕事だとはいえ、砂原部長と加地谷さんの顔を見たくない。

もう自分がだんだん嫌になる。


そんな中、会議が始まった。

会議はそんな私の体調を気遣ってか？　順調に進んだ。

庵新社さんの提案したイベント内容は女子中高生の興味を引く内容で、砂原部長も満足そうに頷いている。

当日はロピとピーナの着ぐるみも登場する予定とのこと。

私の考えたキャラたちがみんなの手で誕生することに、改めて嬉しさと絶対に失敗させたくない気持ちが強くなった。

だがそれは突然起こった。

このままもつかと思ってた吐き気が再び襲ってきた。

「おい……おい芦原」

「……何？」

「さっきよりもさらに顔色悪くなってるぞ。この後休憩入れるから少し休め」

「でも……」

「万が一戻って来れなくても俺がいるから任せておけ。そのためのサブだろ？」

風間くんは予定よりも少し早めに休憩を入れてくれた。

私は一つ下の階のトイレに駆け込んだ。

いつも吐き気はするものの実際に吐くってことはほとんどといってなかったのだが、お昼のうどんがいけなかったのか、それとも色々と考えすぎてストレスになってなのかはわからないけど、珍しく吐いてしまった。

敢えて下の階のトイレにして良かった。

出すもの出しちゃったら少し落ち着いたので、口をすすいでタブレットを口の中に放り込み会議室へ戻ろうとトイレのドアを開けると目の前に……。

――なんでここに？

「加地谷さん？」

「芦原さん、大丈夫？」

加地谷さんがすごく心配そうに私を見ている。

だけど私の頭の中はなんでここに？　でいっぱいだった。

「は、はい大丈夫ですけど……」

吐いたなんて言えないのでとぼけてみたが、加地谷さんは間違っていたらごめんなさいねと前置きをして、

「間違っていたらごめんなさい。芦原さん妊娠してない？」

と言った。

「え？　そ、そんなことありません」

「そう？　でもなんか吐き気を堪えてるっていうか、急に動きが固まる？　っていうのかな、あなたの様子を見ていたらそう思っちゃって……それに今吐いたのよね？」

精一杯の演技をしたが内心バクバクだった。

よりによってなんで加地谷さんに気づかれてしまったのか。

まだ誰にも知られていなかったのに……でもここで、そうですなんて答えたら？

きっと砂原部長の耳に入るのは時間の問題だ。

私を心配してのことだってことは彼女の表情でわかるけど、まだその時期じゃない。

「ごめんなさい。変なことを言って……でもなんかとてもお辛そうに見えて」

私は九十度頭を下げた。

「ご心配おかけしてすみません。単なる二日酔いです。会議があるとわかっていたのについ飲みすぎてしまい」

すると加地谷さんはホッとした様子に。

「そうだったの。本当にごめんなさい、勘違いしちゃって」

勘違いではございません。

心の中では心配してくれた加地谷さんへの罪悪感でいっぱいだ。

「謝らないでください。大事な会議の前日にお酒を飲んじゃうような自己管理不足の私が悪いんです」

これは私の本心だ。

それなのに加地谷さんは嫌な顔一つせず、

「でも飲みたくなることってありますよ。私もストレス発散に飲んじゃいますもん。でもご無理なさらないでくださいね。じゃあ私は」

加地谷さんが離れて行くと私はガクッと肩を落とした。

――なんて素敵な人なの？

同性の私でも惚れてしまいそうなのだから元カレの砂原部長も惚れちゃうはずだ。

どう考えたって私なんかより加地谷さんの方がお似合いだ。

それにしても加地谷さん鋭すぎる。

まさか妊娠していることを当ててしまうなんて。

これからはもっと自分の行動に注意しなきゃ。

誰が見ているかわからないってことを身をもって知った。

とはいえ、まだ吐き気そのものは治まっていない。

正直あと一時間以上はかかる会議。

これ以上迷惑はかけられない。


会議室に戻ると、風間くんが心配そうな様子でこっちを見ていた。

「ありがとう、助かった」

「そんなの全然いいんだ。それよりごめん、この後一件打ち合わせが入った」

「え？」

「シュテルンの方、ヘルプに入ってほしいそうなんだ」

「シュテルンか……」

こっちも新商品の試作ができ上がっている。

私の他にも数名この件ではヘルプに入っている。

「体調悪いのに申し訳ない」

と謝る風間くん。

でもこれも仕事だから仕方がない。

「大丈夫よ」

そう返事したものの、不安は残った。

会議は一時間ほどで終わり、次の打ち合わせは二十分後となった。

何度か込み上げてくるものはあったが、気合いで乗り越えた感じだった。

「片付けは私がやっておくから風間くんは先に行ってて」

カオリンと風間くんにそう言うと、

「悪い、じゃあ俺は先にミーティングルームに行くから」

風間くんは急いで会議室を出た。

カオリンも手伝ってくれていたが、先に行かせ会議室には私一人になった。

その途端、張り詰めていた気持ちが抜けたと思ったら、またも吐き気が襲ってきた。

最近はつわりも少し落ち着いてきたと思っていたのに、なんで今日に限ってこんなに調子悪くなるのかな？

とりあえず次の打ち合わせ前にお手洗いに行こう。

そう思いふらつきそうになりながらも歩いていた。

すると背後から誰かが私の手を掴んだ。

足を止め振り向くと砂原部長だった。

「芦原」

「部長」

なんで砂原部長がここに？

加地谷さんたちと最初に会議室を出たはずの砂原部長が立っていた。

「すごく顔色が悪いようだが大丈夫なのか？」

心配そうに私を見ている。

——まさか加地谷さんが知らせたとか？

「大丈夫です。すみませんが、次の打ち合わせに行くのでこの手を離してもらえませんか？」

目線を合わせないように答える。

だが、砂原部長は私の手を離そうとせず反対の手を私のおでこに当てた。

「ぶ、部長？」

するとここを動くなと言ってスマートフォンを取り出した。

「風間くんか？　砂原だが急用ができた。すまないが後を頼む。それと芦原さんだが体調が悪そうだから早退させる」

そう言って電話を切った。

「部長、私は大丈夫です」

「自分の顔を鏡で見たのか？　どう見ても大丈夫って顔じゃない。それに熱もありそうだ」

そんなのはわかってるけど、家にいたら色々と考えてしまうから。

こういう時は敢えて仕事をしていた方が断然いい。

それに大事な打ち合わせもあるから帰るわけにはいかない。

「お心遣い感謝しますが、この後も打ち合わせが入っているので……」

「タクシーを呼ぶから今日は早退しなさい」

「ですからこれから打ち合わせが……」

少し休めば良くなるし、こんな時に早退なんかできない。

だが砂原部長は首を横に振った。

「君がいなくても仕事は回る。そのために風間がいるだろ？」

風間くんと同じことを言われてしまった。

確かにそうだけど、自分が大きく関わっている仕事を投げ出すようで、素直にうんと言えない。

だけど気持ちとは裏腹に体調はだんだんと悪化していた。

「手も熱いな」

エレベーターの中でも砂原部長は私の手を離そうとしない。

そして空いてる方の手でうちの部署に電話をして私の荷物を一階まで持ってくるように指示していた。

一階エントランスに着くと手が離れた。

そして近くにある椅子に座るよう促される。

砂原部長は立ったままタクシーが来るのを待っている。

「あの」

私が声をかけると、砂原部長が黙って私を見た。

「急用があるんですよね……私は一人で大丈夫ですので」

だが部長は黙っている。

「部長?」

「無視をされるとどんな気分？」

「え？」

「君は今日ずっと俺を避けていた。何度視線を送ってもすぐに逸らしたよね。なぜだ？　俺が君をそうさせたのなら教えてほしい」

「それは……」

加地谷さんと楽しそうに話をしている姿を見ると胸が痛くなる。

だけどお二人がお似合いすぎてぐうの音も出ない。

なんて言えるわけがない。

「芦原さん？」

部長が私の赤い糸ならこのモヤモヤした気持ちを素直に伝えられるのに……でもこの人は私の赤い糸じゃない。

「それは……」

何か言わなきゃと思っていると、

「失礼します。砂原部長タクシーが到着いたしました。あとこちら荷物です」

受付の女性が知らせてくれた。

砂原部長が私のバッグを受付の女性から受け取ろうとしたが、阻止するように私が受け取った。

「あの……本当に一人で大丈夫です。お言葉に甘えて失礼します」

私は砂原部長の視線を遮るように急いでタクシーに乗り込んだ。


築三十年の三階建てマンションの三階突き当たりが私の部屋。

だが体調が悪いと階段の上り下りって結構キツい。

なんとか部屋に入るとリビングのソファに倒れ込むように横になる。

吐き気は少し治ったが、体が熱く感じて体温を測ると三十七度五分あった。

とりあえず、これ以上みんなに迷惑をかけたくないし、仕事も休みたくないので着替えを済ませるとベッドに横になる。

ふとスマートフォンに手を伸ばすと、みんなからものすごい量のメッセージが届いていた。

その中には風間くんからのメッセージもあった。

《とにかくゆっくり休め。後は俺たちに任せろ》

カオリンからは、

《先輩無理しちゃダメですよ！　後は私たちで頑張ります。お大事に》

どれも私の体調を気遣うものだった。

みんな単に私が体調不良だと思ってるけど、本当は違う。

なんだかみんなを騙しているようなで罪悪感が湧く。

でも体調不良がつわりによるものだと知ったらみんなはどう思うだろうか。

この子を産むと決めたけど不安で押しつぶされそうになるのは、この子の父親が自分の上司だったから？

そんな彼に優しくされても飛び込めないから？

体調が悪くて弱っているせいなのか……今日はすぐに泣けてくる。

「も～最悪。なんで泣いちゃうのよ～」

ティッシュペーパーで涙を拭いながらやり場のない思いを口に出した。

するとピンポーンとチャイムが鳴った。

古いマンションだからインターホンはない。

宅配を頼んだ記憶はない。

もしかしたら何かのセールスかもと思い、返事をせずその場をやりすごそうとした。

だが再びチャイムがなる。

仕方がないので重い体を起こしゆっくりと玄関へと向かった。

その間もチャイムは鳴っている。

いつもならしつこいと文句の一つも言いたくなるが、今はそんなパワーもない。

「どちら様ですか？」

「俺だ、開けてくれ」

――え？

その声に一気に緊張が走った。

ドアの向こうから聞こえたのは砂原部長の声だったからだ。

――どうしてここに？

「つぐみ。開けてくれ」

こんな時に名前で呼ぶって……。

ゆっくりとドアを開けるとスーパーの袋を下げた砂原部長が立っていた。

「ど、どうしたんですか？」

「どうしたって？　様子を見に来たんだけど」

さも当たり前のような表情に驚く。

「そうじゃなくて、なんで私の部屋を知っているんですか？」

「……上司の特権？」

極上の笑みで特権って……職権乱用じゃないですか。

それにしてもスーパーの袋を持ってる砂原部長って全然似合ってない。

突然の訪問に戸惑いを感じながらもその反面、嬉しさを感じていた。

しかしこのまま私の方から家にあげていいものだろうか、相手は自分の上司で恋人ではない。

かといって心配で来てくれた人を門前払いするというのは失礼な気がする。

「狭い部屋ですが入りますか？」

と一応尋ねてみた。

すると、

「……そのつもりで来たんだけど？」

と入る気満々。

「散らかってますが……」

「大丈夫。お邪魔します」

砂原部長は部屋に入るなりキッチンに入った。

そしてスーパーの袋の中のものを取り出し始めた。

「あの……」

「いいから君は横になってなさい」

横になれと言われても砂原部長がキッチンに立って料理をしている中、平気で横になどなれるわけがない。

だって私の部屋にいることを加地谷さんが知ったら怒るのでは？

それにこれは上司としての範疇を超えているのでは？

頭の中で加地谷さんの姿がチラついて同じ部屋にいてもモヤモヤは増すばかり。

「あれから熱は？」

「……微熱です」

「咳は？」

私は首を横に振る。

「鼻は？」

もう一度首を横に振る。

「じゃあ風邪じゃなさそうだな。でもどうせ何も食べてないんだろ？」

「食欲がなくて」

食べたい気はするけれど吐くのが怖くて食べられない。

っていうか加地谷さんから聞いていないのかな？

一応二日酔いってことにしてたんだけど……。

砂原部長が土鍋の蓋を開けた途端、湯気の匂いでうっと込み上げてきた。

――やばい。

そう思ってもこの場で口に手を当てるわけにはいかないし、今更二日酔いとか言ったら逆に社会人としての自覚がないって怒られそうで怖くて言えない。

なんとか我慢して鍋の中を覗くとネギたっぷりの卵おじやが入っていた。

砂原部長はお茶碗におじやをよそいリビングにあるテーブルに置いた。

「食べられる分だけ食べて」

「あ、はい」

正直食べられるのか自信がなかった。

でも食べなきゃ失礼だ。

「いただきます」

そう言って一口食べた。

――ん？

何これ。

「すごく美味しいです。お世辞抜きに本当に美味しいです」

砂原部長は満足そうに私を見ている。

「これってうちにある調味料で作ったんですか?」

「ああ」

「……信じられない」

不思議なことに、気持ち悪くて食べられないと思っていたのに、ぺろっと平らげてしまった。

でもこんなことしていていいのだろうか。

砂原部長と二人きりでいることが加地谷さんに対し申し訳ない気持ちと、自分の気持ちにブレーキがきかなくなるかもしれない恐れで落ち着かない。

これ以上二人きりになるのはいけない。

私はスプーンを置くと姿勢を正した。

「ごちそうさまでした。あの……もう大丈夫です。明日は出勤できますので」

「俺のことは気にするな」

そう言って食べ終えた土鍋を片付けようとする砂原部長。

「自分で片付けられます。本当にもう大丈夫なので」

すると砂原部長の手が止まった。

「そんなに俺といるのが嫌なのか?」

砂原部長の一言が胸にグサリと刺さる。

嫌なんかじゃない。

いられないのだ。

砂原部長はもちろんのこと、加地谷さんやこれから生まれてくるこの子のためにも
これ以上一緒にいてはいけないのだ。

私の思いなんて時間が経てばきっと忘れられると思う。

だから心を鬼にして、

「嫌とかではなくて、ここにいたら悲しむ人がいるんじゃないんですか?」

と訴えた。

だが砂原部長は言葉の意味を理解していない様子できょとんとしている。

「悲しむ人がいるってどういうこと? 言葉の意味がわからないんだけど?」

とぼけてるのか本気で言っているのか、砂原部長の表情からは正直読み取れない。

ストレートに加地谷さんが悲しむと答えていいものか、答えに困った。

するとと砂原部長が続けた。

「つぐみの言っている言葉の意味がわからない。はっきり言ってくれ」

この期に及んで私を名前呼びしてプライベート感を出してくることが悔しい。

でも言わないと話が進まない。

なので私は玉砕覚悟で言った。

「加地谷さんです」

「え？」

砂原部長はまだきょとんとしている。

「加地谷さんとは特別な関係なんですよね」

砂原部長はしばし沈黙していたが「ああ」と返事をした。

ほらやっぱり図星なんだ。

私のことなんて加地谷さんとヨリを戻すまでのつなぎ。

といっても私たちは付き合ってるわけじゃない……。

何より私にとって砂原部長は赤い糸ではないのだから。

すると砂原部長が急に大声で笑いだした。

なんでこの状況で笑えるのか意味がわからない。

「部長？」

「ククッ、ごめん。君があまりにもかわいくって」

「何言ってるんですか？　私は部長や加地谷さんのためを思って」

すると砂原部長が私の手を掴んだ。

「勝手な思い込みはしないでもらいたいね。それに俺のためを思ってるなら黙って俺のものになってくれればいいんだよ」

「え？」

思い込みって？

「確かに彼女とは昔付き合っていたことがある。だけどそれはもう随分前のことだ。そもそも彼女は既婚者だ」

「え？　……き、既婚者？」

「ああ、俺の親友と結婚している。しかもあれで一児の母だ。久しぶりに会ったかと思えば俺に会うなり惚気話《のろけ》や子供の写真を見せられて……。俺は君を落とすのに必死だっていうのにあいつはいい気なもんだよ」

加地谷さんは既婚者で、子供もいる？

そこでハッとした。

今日、私の体調を気遣って様子を見に来てくれた加地谷さん。

『芦原さん妊娠してない？』

私の妊娠を見抜いたのは、加地谷さんが一児のママさんだったから?

それで直感が働いたのかもしれない。

あれは本当に親切心で私を気遣ってくれたのに、申し訳ない気持ちになる。

でも誰にも知られたくなかったし、自分の選択は間違っていない。

ただ、昨日からのモヤモヤした気持ちがなくなって気が楽になったというか、勘違いしていたことに恥ずかしくなった。

すると砂原部長が口角を上げちょっと嬉しそうに私を見ている。

――やばい。

そう思ったと同時に、

「もしかして……嫉妬してた?」

と満足げな笑みを浮かべる砂原部長。

「い、いえ……嫉妬なんて」

否定するも、私の心を読むかのように砂原部長が私の顔をじーっと見つめている。

どうしよう、急にドキドキしてきた。

「嫉妬じゃなきゃあんなこと言わないよね。まさか体調が悪くなったのは嫉妬のせい?」

砂原部長の顔がぐっと近づき今にもキスしそうな勢いだ。

心臓は恐ろしいほどにドキドキして今にも破裂しそうだった。

どうしよう、このままキスしちゃうの？

そんなのダメ。

どんなに素敵な人でも、私の赤い糸の人じゃない限り、キスなんてできない。

だけど彼の熱のこもった瞳で見つめられたら、魔法にかかったように固まってしまう。

このままだと本当にキスしちゃうほどの距離になり、拒絶することも忘れて私の瞼が勝手に閉じようとしていた、その時だった。

ピンポーンとチャイムが鳴った。

え？　こんな時間に誰？

我に返った私は、咄嗟に砂原部長との距離をとるように離れた。

と同時にお互いに今頃誰？　って顔で顔を見合わせ、二人の間に沈黙が流れた。

するとまたもチャイムが鳴った。

「俺が行こうか？」

立ち上がろうとする砂原部長。

「いえ、大丈夫です。私行ってきます」

玄関まで行き声をかける。

「は、はい……どちら様ですか？」

「俺、風間」

えええ？

風間くん？

急用があると言っていた砂原部長がここにいるなんて知ったらどうするの？

それに風間くんは砂原部長をライバル視している。

そんな二人をここで鉢合わせさせることは絶対に避けたい。

「おい、芦原大丈夫か？」

「う、うん」

再度リビングの方を見ると砂原部長の姿が見えない。

――もしかして隠れてくれた？

砂原部長の姿が玄関から見えないと確認すると、玄関のドアを少しだけ開け顔を出した。

「風間くんどうしたの？」

「どうしたのじゃないだろ。体調は大丈夫なのか？」

風間くんが心配そうに尋ねた。

「心配かけてごめん。横になったら少し良くなったよ。でもなんで私の住所わかったの？」

砂原部長もそうだけど、風間くんも私の自宅を知らなかったはず。

「心配して来たのにそこかよ」

風間くんはガクッと肩を落としながら話を続ける。

「随分前に同期会やったろ？　その時酔っぱらったお前を送ったの俺なんだけど？」

同期会で珍しく酔った私は同期の一人に家まで送ってもらったけど、それが風間くんだったことは覚えていなかった。

すると、風間くんはわざとらしいぐらいの大きなため息を吐いた。

「はいはい。そんなことより本当に体調はいいのか？」

「うん大丈夫。明日はちゃんと出社するから……」

そこから沈黙が流れた。

この空気感で風間くんが次の私の言葉を待っているのはわかる。

私が『入る？』って言うのを……。

だけど言えない。言えるわけがない。でもなんて言えばいいんだろう。

「……あのさ」

沈黙を破ったのは風間くんだった。

「もしかして……先客がいた？」

「え？」

すると風間くんが下を指さした。

その先にあったのは砂原部長の靴だった。

――しまった。

隠すのを忘れていた。

「そうなの……実は兄が来ているの」

「え？　芦原ってお兄さんがいたんだ？」

もちろんそんなのは嘘だ。

だけど男性の靴があったらこれしか思い浮かばなかった。

風間くんは驚きながらも一瞬残念そうな顔を浮かべた。

「うん、たまたま出張でこっちに来ていたらしくて」

「ああ……そっか～。じゃあ安心だな。じゃあせっかくだから挨拶させてもらおうかな」

——え？　あ、挨拶？

「あ、兄に？」

「そう」

まずいって。

どうしよう何か理由を……。

「ごめん、今さっきお風呂に入っちゃって……」

「……そうなんだ。じゃあ仕方がないな」

信じてくれて内心ホッとしているが、心臓はバクバクしている。

「ごめんね。兄にはちゃんと伝えておくね」

「ああ、じゃあ今日はゆっくり休んで明日は来いよ。それとこれ」

そう言って風間くんが差し出したのは水色の小さな紙袋だった。

「ゼリーかプリンかで迷ってどっちも買った。お兄さんと一緒に食べてくれ」

胸がちくっと痛くなる。

騙すつもりはないけど……風間くんの優しさを粗末に扱っているような気分になったからだ。

「ありがとう」

するとなぜか風間くんの顔が赤くなっていた。

「風間くん？」

「そ、そんな潤んだ目で見るなよ。お兄さんがいなきゃそのドアを無理やりこじ開けていたよ」

いつもならきっと、冗談言わないでと軽くあしらっただろう。

でも風間くんが私を恋愛対象として見ていることを知ってしまったら、軽はずみな行動はできない。

それが顔に出ていたのか風間くんはハッと我に返った。

「ご、ごめん、まだ返事も聞いてないのに……先走って」

「私こそ……ごめん」

「いや、いい。返事は急いでない。それに待つのは慣れっこだ。それよりお兄さんがいるのに長々とごめん。帰るよ」

「……うん」

「お兄さんによろしく言っておいて」

「あ、うん。ありがとう」

そう言うと風間くんは帰って行った。

ドアを閉めるとどっと力が抜けるようだった。

風間くんに嘘をついたことに罪悪感が残り、こんなことなら砂原部長を部屋にあげなきゃよかったと少し後悔した。

でも一番いけないのは返事をしない自分だ。

いつまでも待つっていう言葉に甘えて返事を先延ばしにしている。

それは砂原部長に対しても同じことだ。

このままでいいわけない。

「は～」

ガクッと肩を落としその場でたたずんでいると、後ろから砂原部長がふわっと抱きしめた。

「ぶ、部長!?」

「お兄さんがお風呂に入ってるって？」

「し、仕方ないじゃないですか。まさか靴を見られるとは思わなかったんですから」

もし本当のことを言ってしまったらこんなものでは済まなかった。

「しかし彼は真面目だね。君が答えを出すまで返事を待ってるんだろ？」

「聞いてたんですか？」

「聞いていたんじゃなくて……聞こえたんだよ」

砂原部長は抱きしめていた手を離した。

「俺も早く返事が聞きたい」

「……私はどちらともお付き合いするつもりはございません」

理由を尋ねられるのかと思い、どう答えようか考えた。

でも砂原部長から意外な反応が返ってきた。

「付き合えない大きな理由があるのか？」

――え？

今までの強引さがないことに少し驚いた。

「……赤い糸はもちろんですが、そもそも社内の方とはお付き合いできません」

すると砂原部長が私の頭をポンポンと軽く叩いた。

「ま～どんな理由があろうとも俺は諦めないけどね」

「で、ですから私は――」

「ははは、じゃあ、俺もそろそろ帰ろうかな」

「え？」

「それともさっきの続きがしたかった?」

風間くんが来なかったら今頃キスをしていたかもしれないことを思い出した。

「ち、違います」

慌てて否定すると砂原部長はクスッと笑った。

「上司としては、これからもっと忙しくなるからしっかりと体を休めてほしい」

「はい」

「でも一人の男として言わせてもらうなら、もっとそばにいたい。それに……いや、なんでもない」

砂原部長は何か言おうとしたが、その言葉を飲み込んだ。

それがすごく気にはなったけど聞くのはやめた。

「今日は本当にありがとうございました」

深々と頭を下げると頭を撫でられた。

「気になることがあったら、どんな些細なことも溜め込まず、ちゃんと俺に話してくれ。嫉妬されて悪い気はしないが、誤解されるのは嫌だからな」

砂原部長はそう言うと帰って行った。

吐き気はもう治って私は冷蔵庫からミネラルウォーターを取り出し、リビングに戻った。

そして蓋を開けてミネラルウォーターを飲もうと顔を上げた時に、チェストの上にある本に目が留まりハッとした。

チェストの上には二冊の本があった。

そのどちらも妊娠、子育てに関する本だった。

――まさか砂原部長に見られた?

一気に緊張が増す。

私の妊娠がバレたかもしれない。

でも砂原部長は何も言わなかった。

こんな本が部屋にあったら絶対に理由を聞くだろう。

だけど聞かなかったということは、彼の視界にこの本が映らなかったからかもしれない。

そうあってほしい。

お願いだから見ていないでほしい。

ゆっくり休まなきゃいけないのに、結局不安であまり眠れなかった。

翌朝、

「おはようございます」

元気良くガールズ事業部に入るとみんなが「大丈夫ですか？」と声をかけてくれた。

「昨日は本当にご迷惑をおかけしました。もう大丈夫なので今日からまた頑張ります」

と言うと自分のデスクに座った。

その五分後に風間くんが出社。

そして私を見るなり極上の笑みを浮かべた。

「おはよう」

「あっ、おはよう。昨日は本当にごめん。打ち合わせ大丈夫だった？」

流石に昨夜のことは話せないし、実際のところ仕事の方が気になっていた。

「大丈夫に決まってるだろ？　俺を誰だと思ってるんだ。それより午前中に打ち合わせが一件入ってるから」

「……わかった」

私はメールをチェックしながら返事をした。

しばらくすると砂原部長が電話をしながら入ってきた。

そしてデスクに座りながら何やら真剣な話をしている。

数分で電話を終えると疲れた様子で椅子の背もたれにもたれかかる。

するとすかさず、

「部長おはようございます」

と女子たちの挨拶が飛び交う。

私も昨日早退したことのお詫びをしなければと思った。

だが、私よりも砂原部長の方が早かった。

「芦原さん、体調は大丈夫？」

私は慌てて立ち上がった。

「昨日はご迷惑をおかけして申し訳ありませんでした。お陰様でこの通り元気になりました」

そう言いつつも、私は砂原部長が妊娠育児本を見てしまったのではないかと不安で落ち着かなかった。

「わかった。今日はこの後、庵新社との打ち合わせがある。風間くんから昨日の会議の内容を聞いておくように。風間くん頼むな」

だが風間くんは話を聞いていなかったのか、全く反応がない。

「風間くん？」

私が声をかけるとパッと顔を上げた。

「え？」

「どうかしたか、風間くん」

砂原部長が声をかけると、風間くんは我に返ったように立ち上がった。

「すみません。もう一度お願いします」

砂原部長は軽く息を吐くと、昨日の会議の結果を打ち合わせが始まる前に私に報告するようにと言って、その場を離れた。

「それで昨日の会議で大きな変更とかなかった？」

だが風間くんは顎に手を当て、何やら真剣な表情で考えている。

「風間くん聞いてる？」

するとさっきと同じようなリアクション。

流石に何かあるのではと心配になる。

「ねえ、さっきから変だけど何かあった？」

すると風間くんは口を固く結び、しばらく黙っていたが顔を上げ私を見た。

その顔があまりに真剣で身構えた。

だが風間くんは一人で納得するように首を横に振った。

「ごめん、ちょっと考え事してただけ。昨日の会議だけど大きく変更した点があって……」

風間くんは何事もなかったように、昨日の会議で決まったことを丁寧に説明してくれた。

だけど私は見逃さなかった。

風間くんが砂原部長の靴を凝視していたことを……。

昨夜砂原部長が私の家に来ていたことがバレたかもしれない。

そしてもう一つ、砂原部長に妊娠育児本の存在を知られたかもしれない。

私の悩みはまだまだ解決できそうにない。

三ヶ月後に控えている新キャラ発表のイベントは、ショッピングモールのイベントスペースで行うことになっている。

会場でのイベントは一日だが、その後は全国のキャラクターショップでも特設会場を設けることになっている。

イベントではカピーと新キャラのロピとピーナの握手会とグッズの販売を行う。

お買い上げ金額に合わせてプレゼントも用意することになった。

そのイベントの中でも一番の目玉は二階のイベントスペースを使い期間限定のカピーカフェを開くことだ。

カフェの方は現在カオリンが担当している。

そして砂原部長の言う変更というのはハッピーバッグの見直しだった。

福袋のようなものだが、最近は中身が充実してないと売れない傾向がある。

そこで今回のハッピーバッグに関しては、店頭での販売をやめて、ネット販売にすることになった。

決めたのは砂原部長だ。

「ハッピーバッグの打ち合わせをする。販売部と庵新社の加地谷さんを交えて九時半からな」

「わかりました」

でも残り三ヶ月で準備できるのだろうか……。

打ち合わせは予定よりも随分長くかかってしまった。

結局、ハッピーバッグの内容がうまくまとまらず、午後から取引先のショップに出向くことになった。

ターゲットになる女子中高生が欲しいものや興味を引くものをこの目で確かめたかったからだ。

何店舗か巡った後、女子高生が帰宅する時間を狙って会社に一番近い店舗へと向かった。

私たちは作る側であり、直接お客様と接する機会は限りなく少ない。

こういう時に一番頼りになるのは現場スタッフだ。

私は何かあるとここの店舗に足を運びヒントをもらう。

「お疲れ様です。ガールズの芦原です」

顔見知りのスタッフさんに挨拶をした。

「芦原さん、こんにちは～。今日はどうされました？」

「最近どんなアイテムが人気あるのかな～と思って……今回も女子中高生ウォッチングを……なので、いつものいいですか？」

「わかりました。ちょっと待っててください」

いつものというのはショップのエプロン。

エプロンをつけていると急に話しかけても警戒されないからだ。

実際、このエプロンのお陰でたくさんのヒントを得ることができた。

この日は思った以上に来客があり、結局閉店時間まで話を聞くことができた。

だが会社に戻ると案の定、みんな帰ったみたいで誰もいなかった。

それでも私は早く今日のみんなの声をまとめたくてパソコンに向かった。

すると机の真ん中に巾着型のかわいい包みがあってその下には付箋《ふせん》が貼ってあった。

『病み上がりなんだから無理するなよ　風間』

包みを開けるとかわいいリーフの形をしたチョコレートが入っていた。

そういえば風間くんってこういうさりげない心遣いができるというか、マメな性格だった。

それでいて超がつくほどのイケメン。

そのモテっぷりは半端ないというのに……。

私はチョコを口の中に放り込む。

「なんで私なの？」

誰もいないのをいいことに、思ったことを口に出した。

他にもかわいい人や綺麗な人はたくさんいるのに考えれば考えるほど混乱する。

それに風間くんには申し訳ないが、やはり風間くんは風間くんであってそれ以上でもそれ以下でもない。

私はなんでも話せる今の関係のままでいたい。

でも私が妊娠していることを知ったら、きっと私に告白したことを後悔するだろう。

「あ~ダメダメ。こんなこと考えてる場合じゃないのに」

気持ちを切り替えパソコンの画面に向かった時だった。

「どんなこと考えてたんだ？」

後ろから聞こえた声に心拍数が上がる。

「ぶ、部長……お疲れ様です」

「お疲れ」

砂原部長は風間くんの席に腰を下ろすと、私の前に紙コップを差し出した。

中身はオレンジジュースだった。

「カフェインは控えているんだろ？」

「は、はい。ありがとうございます」

一口飲むと仕事モードの顔へと切り替えた。

「それで？　どうだった？」

「はい。ステーショナリー系を好む人と、インテリアやアクセサリーを好む人と大きく二つに分かれていました。当初はいろんなアイテムをと思ったんですが、みんなの話を聞いてタイプ別に作った方がいいかなと……」

私の説明を砂原部長は頷きながら聞いている。

「実際に購入している人から聞く言葉は、今後の仕事にもすごくいいヒントになるからな。でも一人で大丈夫だったか？」

「はい。今日行ったお店には私専用のエプロンが置いてあって、スタッフさんに紛れてお手伝いしながら話を聞くんです。たまに行くんですが、息抜きにもなって好きなんです」

「じゃあ……頑張った君にご褒美をあげよう」

え？　ご褒美？

でも砂原部長の言うご褒美は、いつも食べ物とかではなくスキンシップ的なものなのでは？

それにここは会社。流石にそれは……と思いながらも身構えてしまう。

「部長、お気持ちだけで十分ですので」

と言ったところで砂原部長が私に差し出したのは……。

「え？　これって」

それはロピとカピーの形をしたスマートフォンケーブル用のアクセサリーだった。

「かわいいだろ。サンプルだけど少し多めにもらったから君にあげるよ」

「かわいい。本当にいいんですか？」

「でもどちらか一個だけ」

え？　どっちもかわいいから選べない。

「どうしようかな……」

真剣に悩んでると、砂原部長がクスッと笑った。

「もしどっちも欲しいのならあげてもいいけど条件がある」

「条件？」

「……俺とデートするなら二個あげる」

「え？　デ、デート……ですか？」

「ああ、いつも夜ばかりだろ？　たまには明るい時に会うのもいいと思わないか？」

いやいや、仕事で昼間も会ってますよね？　と突っ込みを入れたいところだけど
……。

それにもので釣られるっていうのもなんだか嫌だけど、サンプル品があまりにもかわいすぎて本気で悩む。

「これって職権乱用になってませんか？」

「だろうね」

砂原部長はニヤリと笑った。

これって私がなんと返事するのか、もうわかってるって顔だ。

悔しい。

でももしかしたらこれが最初で最後のデートかもしれない。

だったら一度ぐらいわがままを言ってもいいよね。

「わかりました。デートします」

「そうこなくっちゃね」

5　運命のデート

「どうしよう。本当にこれでいいかな？」
姿見の前に立つこと三十分。
今日は砂原部長と最初で最後のデート。
ちゃんと自分の気持ちを伝えるつもりでいる。
といっても本心のようで本心ではない……偽りの本心だ。
でも今日は思い切り楽しもうと思う。
だから着ていく服もすごく悩んでしまう。
普段は動きやすい服装が多いためパンツが多い私だけど、今日はワンピースにした。
実は、昨日仕事の帰りに服を買いに行ったのだ。
普段あまり着ることのないワンピース。
砂原部長は気に入ってくれるだろうか。
そわそわしながら急いで部屋を出ると、マンションの前に見慣れた車が止まっていた。

私を見ると、砂原部長が車から降りた。

会社で見るスーツ姿ではなく、カジュアルなジャケットにTシャツ。そしてヴィンテージジーンズ。

何を着ても絵になる程のかっこ良さ。

「おはようございます」

かっこ良すぎて目のやり場に困ってしまう。

「おはよう。乗って」

私一人がドキドキしてる。

助手席に座りシートベルトを装着しようとしていると、砂原部長の手が伸びてきた。

「俺に貸して」

「す、すみません」

シートベルトを調節して装着してくれた。

「キツくないか？」

「は、はい」

いつにも増して優しい砂原部長に、私はずっとドキドキしている。

「さて……どこか行きたいところとかある？」

「……いえ、特には」

ただ今日一日は時間の許す限り一緒にいたかったから、場所なんてどこでもいいのだ。

「じゃあ、俺の行きたいところでもいいかな？」

「は、はい」

ぎこちない返事をする私を見て、砂原部長はニコッと笑った。

そして正面を向き車を発進させた。

車に乗ること二十分。とあるビルの前で車は止まった。

「俺の友人が今個展を開いていて……来いってうるさくてね」

「個展ですか」

「ああ」

ビルの一階が画廊のようで、中に入るとたくさんの人で賑わっていた。

「俺の大学時代の友人でね、油絵を描いてるんだけど……ほら見て」

指さした作品を見て目を疑った。

「これ……本当に油絵なんですか？」

「すごいだろ」

すごいってもんじゃない。

その絵はまるで写真のようなリアルさだった。

「写真じゃないんですか？」

確認するように目を凝らすとやっとそれが絵だということがわかるほどで、これほどまでにリアルな絵は初めてだった。

「部長のお友達すごすぎます」

「そんなに褒められると照れるね」

突然の砂原部長じゃない声に振り向くと、オールバックにして後ろで髪を結んだ、長身で長髪の男性が立っていた。

もしかしてこの男性がこの絵を描いた人？

「岡崎《おかざき》」

「お前来るの遅すぎ。個展は明日で終わりだぞ」

男性は口を尖らせた。

「仕方ないだろ？　俺だって遊んでるわけじゃない。花は届いたか？」

「ああ、ありがとう。目立つところに置いてある」

そう言って指さした先には、深い赤や赤紫のシックな薔薇を使ったアレンジメントが飾ってあった。

きっと砂原部長のことだから、細かい注文をつけたのだろう。

でもそのセンスのよさに見入ってしまった。

すると岡崎さんという男性が私の視界にパッと入った。

びっくりして慌ててペコっと頭を下げるとなぜかじーっと私を見つめた。

顔に何かついているの？　と思うほどガン見され視線を逸らす。

「ごめん、驚かせてしまったね。僕は岡崎潤詠《じゅんえい》といいます。棗とは大学時代からの付き合いなんだ」

「ご挨拶が遅れました。芦原つぐみと申します。部長は私の上司で――」

話を途切れさせるように岡崎さんが砂原部長を見て笑いだした。

「あの？」

私何か変なこと言った？

すると岡崎さんが砂原部長を見てニヤリと笑った。

「この子が例の彼女だろ？　お前のことをまだ部長って呼んでるところを見ると、もしかして――」

岡崎さんが何かを言おうとすると砂原部長は、

「うるさい」

と言葉を遮った。

普段は落ち着きのある大人なのに、岡崎さんの前だと少し違っていた。

だが岡崎さんは無視するように話を続ける。

「へ～ってことはまだ片思い中ってことか……」

岡崎さんは視線を私に向けた。

「芦原さんだったね」

「はい」

「率直に聞くけど棗のこと嫌い？」

「おい！」

砂原部長が慌てて間に入る。

いきなりの直球を投げられて嫌いとは言えない。

「いえ尊敬しております」

「尊敬か～微妙だな～。でも棗、よかったな。嫌いではなさそうだからまだ脈はある」

そう言って岡崎さんは笑った。

だが砂原部長は面白くなさそうだ。

「お前の絵は繊細だけど性格は真逆だな。デリカシーってものがない。それに彼女も困惑してるだろ」

嫌味を言うも、岡崎さんは何も思ってなさそうにニコニコと笑顔を向けている。

だけど私は岡崎さんの言った、例の彼女という言葉がさっきから気になって仕方がなかった。

その時だった。

「あれ？　棗」

「本当だ。砂原くんじゃない」

声をかけたのは砂原部長の友人のようだった。

久しぶりの再会だったのか、みんな楽しそうに話している。

「あの二人も俺たちと同じ美大の仲間で夫婦で陶芸やってるんだ」

岡崎さんが教えてくれた。

「え！　部長って美大を出てるんですか？」

「あれ？　聞いてなかった？」

岡崎さんが少し驚いている。

「そうなんだ。棗もすごい才能があって、俺はこのまま絵で食べていくんだろうと思ってたけど、家業があるからさ~勿体ないって思ってたんだけど」

「はい、初耳です」

美大だったり、絵の才能があってプロレベルだったり……。

私って砂原部長のこと何も知らなかった。

楽しそうに話している姿を少し離れた場所で見ていると岡崎さんが、

「ちょっといい？」

と言って画廊を出て、外のガードレールに腰を下ろした。

「あいつ、独占欲すごいでしょ」

「え？」

「でもまだ二人は付き合ってない」

「……はい」

岡崎さんは顎に手を当て、しばらく友人たちと話している砂原部長の方を見ていた。

だがその視線は私に移った。

「あのさ……あいつが会社を辞めようとしていたこと知ってる？」

岡崎さんの口から意外な言葉を聞き、私は驚いた。

「知りません。それっていつのことですか？」

「やっぱりそうか～あいつはいつも肝心なことは言わないからな……」

と言うと話をしてくれた。

砂原部長は元々ボーイズ事業部で男児向けの商品企画の仕事をしていたのだそうだ。

それが二年前、突然、人事異動で名古屋支社の営業部に配属された。

「営業のことなんか全くわからないのにいきなり名古屋に飛ばされることになって、あいつかなり落ち込んでいたんだ」

それでもなんとか成果をあげて、元の部署に戻れるように頑張ったそうだ。

だが逆に仕事の成果をあげたことで、名古屋ではなくてはならない存在となり本社に戻れる機会がなくなっていた。

元々もの作りが好きでこの会社に入ってきたのに、自分は何をやっているんだ。

こんなはずじゃなかったと仕事に対するやる気がなくなり、岡崎さんに相談していたと言うのだ。

「一年前、こっちに用事があって棗と会うことになったんだけど、棗の親父さんって厳しい人だから、あいつがどんなに頑張っても本社に戻してくれなくて、一時期は仕事を辞めて自分で会社を興す、ってちょっとやけになってた時期もあったんだ」

今の砂原部長からは考えられない話に私は驚いた。

岡崎さんは話を続けた。

「それからしばらくして棗から突然電話があってね『やっぱりもうちょっとだけ頑張ってみる』って。理由を聞いたら『目標ができた』って言ったんだよ。なんだと思う?」

岡崎さんの口角が上がった。

「わかりません。なんですか?」

「親父さんから一番を取れって言われたんだって。一定の成果をあげたら本社に戻すって言われて……それから本当に一番を取ったんだ」

——それってまさかカピーのこと?

「後で聞いた話だけど、君が作ったキャラクターで一番を取ったんだ。君のお陰であいつは本社に戻れたんだよ」

私の鼓動がうるさいくらいにドキドキしている。

「しばらくたって東京に戻る準備だとかなんかで一度こっちに戻ってきたことがあってね、すごく目をキラキラさせて、出会っちゃったんだって。棗のあんな顔見たの初めてだったよ」

「しかも出会った子っていうのが棗を一番にさせた人だっていうから、それって運命なのかもってみんなで冷やかしてたんだよね」

まさか砂原部長がそんなことを思っていたなんて……。

いつも自信に満ちていて、的確な指示を出してくれる上司。

だけどそんな砂原部長でもいろんな葛藤があって、仕事を辞めようとまでしていた時期があった。

「あいつさ、君ともう一度会いたいってよく俺に言ってたんだ。でも聞けば自己紹介のない出会いだったから、冗談だろ？　って言ったらなんて言ったと思う？」

聞くもの全てが初耳だというのに、なんて言ったかなんて想像つかない。

私が黙って首を横に振ると、

「キラキラした目でずっと憧れていた仕事に就けてすごく楽しいって話す姿に、自分が絵を諦めてまでこの会社に入った理由を思い出させてくれたって言ったんだ」

「え？」

岡崎さんは話を続ける。

「しかもその女性と同じ会社だって知って運命感じたってあいつ、俺たちの前で恥ずかしげもなく話したんだ。正直あんな棗、初めて見たよ」

えええ？

そ、そんなことを思っていたなんて……。

聞いているだけで顔が熱くなる。

あの出会いが砂原部長にとっても運命だと感じられていたことが正直まだ信じられない……。

私が砂原部長に運命を感じさせるようなこと、そんなにしたの？

だってあの時はかなりお酒が入っていたし、酔った勢いで語っちゃったのかな？

私は思わず、画廊の中で友人と話をしている砂原部長を見た。

「人の恋路に口を挟むつもりはないけど、あいつ……棗は本当にいいやつだし、意外と苦労人だから放っておけなくて……だからあいつのこと頼みます」

岡崎さんが頭を下げた。

「頭を上げてください。私は岡崎さんや部長が思ってるほどできた人間ではないです。それに私と部長じゃ不釣り合いです」

すごく嬉しい気持ちと、置かれている立場が違いすぎてどうしたらいいのか正直まだわからない。

「何を話しているの？」

いつの間にか砂原部長がそばにいた。

一瞬どこで聞かれたのかと思ったが、岡崎さんが「今の話は内緒だよ」と囁いた。

岡崎さんは代弁するように、

「棗にこき使われてないか聞いていたんだよ。ね？　芦原さん」

とウインクをした。

咄嗟に「はい」と答えたが砂原部長は全く信じていない様子。

「まぁまぁそれより俺の絵を見てよ」

と岡崎さんが話を切り替えてくれた。

私たちは改めて岡崎さんの作品を堪能した後、画廊を後にした。

ランチは砂原部長が気に入っているというイタリアンのお店に行った。

パスタメニューがとても充実していて、中でもクリーム系はダントツに多かった。

「どれにしよう」

クリーム系が好きな私はどれも美味しそうで迷ってしまう。

「俺はなんでもいいから君の食べたいパスタを二種類選んだら？」

「え？　いいんですか？」

砂原部長はニコッと微笑みながら頷いた。

「え～でもどうしよう。目移りしちゃう」

メニューに穴が開くんじゃないかってほど見入っていると、くすくすと笑っている砂原部長。

こんな些細なことにも私は幸せを感じていた。

それにしてもどんな仕草もかっこ良くてドキドキが止まらない。

――落ち着け私。

まずはパスタを選ぶのが最優先。

考えた末にサーモンとイクラのクリームパスタと、チキンとアスパラのトマトクリームパスタを選んだ。

どちらもクリーム系だけどいいのかな？　と思ったが砂原部長は通りかかったスタッフに私の選んだパスタをオーダーしてくれた。

「良かったんですか？」

「何が？」

「二つともクリーム系を選んじゃって」

「いいよ。君が食べたいものを俺も食べたいから……シェアしよう」

「……はい」

でも、ちょっと後悔した。

私ってパスタを食べると必ずと言っていいほどソースが跳ねて服についてしまうのだ。

だからパスタは一人で食べることが多いのだけど……。

砂原部長を目の前にして、パスタソースを服につけないように食べることができるだろうか？

そんなことを考えているうちにパスタが運ばれてきた。

砂原部長は店員に取り皿をお願いしパスタを取り分けてくれた。

「ありがとうございます」

こういう時は私が率先してやらなきゃいけないのに……情けない。

「いただきます」

最初にサーモンとイクラのクリームパスタを食べることに。

飛び跳ねに注意しながらパスタをフォークでくるくる巻いて口に運ぶ。

サーモン、ほうれん草、椎茸にイクラの入ったクリームパスタ。

さっぱりしたクリームソースにイクラの塩加減が絶妙にいい。

心の底からこのパスタを選んで良かったと自分を褒めたくなった。

「美味しいです。ソースがたまらなく美味しいです」

興奮気味に答えると、私を見て砂原部長の口元が緩んでいる。

「俺もこのパスタが一番好きなんだ」

わかるわかる。

美味しさのあまり私はソースの飛び跳ねのことをすっかり忘れていた。

突然手が伸びてきたと思うと。クスッと笑いながら私の下唇の斜め下あたりを砂原部長の指がかすめた。

「ソース、ついてたよ」

そして何事もなかったかのように砂原部長はパスタを食べた。

あまりに急なことで最初は何事かと思ったけど、改めて砂原部長のしたことを思い出し、時間差で心臓がバクバクしだした。

それにしても動きに無駄がなくて、何をしてもかっこいい。

岡崎さんから聞いた話からもそう感じたけど、砂原部長といると好きな気持ちが大きくなる。

彼が私の赤い糸だったらいいのに……。

だけど私が今妊娠していることを知ったら、きっと今日のデートを後悔するかもしれない。

だからこそ今日を思い切り楽しんで、一生の思い出にしたい。

食事を済ませ店を出た私たちは、近くのデパートへ向かっていた。

砂原部長と岡崎さんの共通の友人が近く結婚するらしく、そのお祝いを買いに行くためだった。

しかも岡崎さんの方から、

「忙しくて買いに行けなかったんだけど芦原さんだったら安心だ。棗と一緒に選んでくれない？」

と突然頼まれ、返事をする間もなくお金の入った封筒を差し出されたのだ。

「目星はつけてるんですか？」

「いや」

即答だったことになんだか笑えてきた。

「じゃあ君なら、もらって嬉しいものはある？」

突然そんなことを言われても……。

「そうですね～。やっぱり実用的なもの？」

とてもアバウトすぎて恥ずかしい。
だからもし、結婚したらと想像する。
仕事は好きだからできるかぎり続けたいな。
家事は分担してくれると助かる。
週末は二人で過ごす時間を作って、たまには旅行にも行きたいな。
子供は二人？　男の子だったら旦那さんに似たイケメンで……そこでハッとする。
自分でも気づかなかったが私の脳内夫は砂原部長だった。
——何、夢みたいなことを考えているの？
「どうかした？」
「いえ……なんでもないです」
ダメダメ、妄想は危険だ。
なんでも自分の都合のいいように想像してしまう。
旦那さんという存在は私にはない。
シングルでお腹の子を育てていくと決めたのだから。
でもそんな妄想の中で私はなぜかエプロン姿で料理をしていた。
「部長、例えばキッチングッズなんかどうですか？　毎日使うものだから、使って楽しいアイテムやちょっと自分では手が出せない高級キッチンアイテム」

「ああ、それいいね。じゃあ……デパートより雑貨のお店の方がアイテムも多いかもしれないな」

「そうですね。じゃあこの先におすすめの店があるので行きますか？」

「ああ」

私たちはデパートの連絡通路を通り、別館にあるインテリアショップへ向かった。

八階建ての建物の七階にあるそのお店は、上質でおしゃれな雑貨を取り扱うお店で、商品単価もちょっとお高めだ。

だが、洗練されたデザインはとても人気がある。

店内のディスプレイもとてもおしゃれで、本来の使い方ではなく、違った使い方でお客を魅了している。

私もお休みの日や、仕事帰りによくこのお店に足を運ぶ。

でも手の出せないものも多く、自分へのご褒美を買う時ぐらいしか買えないのだ。

「つぐみ、これなんかどうだ？」

砂原部長に呼ばれた。

それはステンレス製の角プレートとザルのセットだった。

国内製でザルの網目の素材がしっかりしており、型崩れが起きないほど頑丈にできていた。

「こういういいものは一生使えるから」

「この商品、動画で見たことあります。本当に造りが丁寧で素敵です」

「じゃあ、これにしようか」

「そうですね」

そのほかに、同じステンレス製のおしゃれなトングをはじめ、あるだけでテンションが上がるようなキッチンアイテムを購入した。

砂原部長は支払いのためにレジへ向かった。

私は待っている間、店内をゆっくり見て回っていた。

すると新商品のある棚で足が止まった。

――か、かわいい。

さっきまでの質の良いキッチンアイテムから一変。

見ているだけでも癒されるかわいいキッチン雑貨が並んでいた。

その中でも特に目を引いたのが……。

「お待たせ」

砂原部長が戻ってきた。

ショップバッグの上からでもかわいらしくラッピングされている品物が見えた。

「何見てるの？」

「カトラリースタンドです」

それはゾウの形をしたカトラリースタンドだった。

カトラリー以外に歯ブラシやペン、多肉植物を植えたりなど用途も色々。

カラーバリエーションも豊富でシックな色もあればビビッドな色まで様々だ。

だけどすぐに我に返った。

ここに来た目的は結婚祝いを買うこと。

「すみません。行きましょうか」

「いや、ちょっと待って」

砂原部長はゾウのカトラリースタンドを手に取った。

「こういういろんな使い道のあるアイテムもいいね。それにデザインがいい」

角ばった感じだけど温かみのあるフォルムがかわいくて見入ってしまう。

「そうですね。私ならペンスタンドにしたいですね。仕事も捗りそうですし、これのカピーバージョンとかあったらいいかも」

「じゃあ……買ってあげる」

「え？　いやいやいいです。もう行きましょう」

断ったのに砂原部長は薄いグレーのゾウのスタンドを持つと後ろに隠した。

「本当は身につけるものをあげたかったけど、君のことだから受け取ってくれないだろう？　だからこれにするよ」

「え？　で、でも――」

「こういう時は素直に受け取る。いいね」

「は、はい」

本当だったら先日のお礼とか、お昼ご飯もお礼をしなきゃいけないのは私の方なのに、私はしてもらってばかりだ。

「あの……」

「何？」

「……何か私にできることがあれば」

「……なんでもいいの？」

砂原部長が私を覗き込むように見つめる。

「え？　なんでもと言われると……できることとできないことがありますが……」

クスッと笑うと手を差し出してきた。

「手を繋いでくれる？」

正直もっとすごいお願いをされると思っていた私は、拍子抜けしてしまった。

「手？　ですか？」

「ああ、それが嫌ならその部長って呼ぶのをやめて棗って呼んでくれてもいいんだけど？」

流石に名前で呼ぶのはハードルが高すぎる。

「……わかりました」

砂原部長は満面の笑みを浮かべ、手を繋いだ。

「ねえ、もう一箇所行きたいところがあるんだけど付き合ってくれる？」

「はい」

私たちは歩きだした。

連絡通路を渡り、デパートの本館へ。

それから上りのエスカレーターに乗る。

手を繋いでいることで頭がいっぱいで、どこへ向かっているのか聞けずにいた。

だがエスカレーターを降りた階に驚いた。

それは子供服売り場だった。

砂原部長は無言のまま歩いている。

私は手を繋いでいるのでただただついていくだけ。

岡崎さんから頼まれたもの以外にも、何か頼まれたものがあるのかなと呑気に考えていたが……。

「ここ……ですか？」

「ああ」

なんとそこはベビー用品売り場だった。

——どういうこと？

なんて聞けばいいのだろうと考えていると、

「こんなやり方フェアじゃないと思ったんだけど、できればつぐみの口から言ってほしかったから……」

その言葉に私の心臓がバクバクしだした。

——まさか私の妊娠がバレてる！

なんでバレたの？

やっぱり妊娠育児本を見たから？

砂原部長は私の言葉を黙って待っている。

まさかデパートの中で告知することになるなんて、夢であってほしい。

妊娠月齢を聞かれたら、お腹の子の父親が砂原部長だってバレる。

でも彼の真剣な眼差しにこれ以上隠すことはできない。

もし迷惑がられたとしても、一人で産んで育てるという意思に変わりはない。

私の妊娠が砂原部長の今後のキャリアに響くようであれば、この会社にいられなくなるかもしれない。

そうなったら……。

「つぐみ」

もうこうなったら、自分の思っていることを全て話すのみ。

「今、四ヶ月に入りました。でもご安心ください。私一人で育てます」

初めて口にした重大発表。

もう内臓が口から出そうなほどドキドキして、正直ここから逃げたい。

だがそんな思いなど叶わぬかのように砂原部長は私が逃げないようしっかりと手を繋いだままだった。

そしてとても静かな声で、

「……わかった」

と言うと、上りエスカレーターに乗った。

――何がわかったの？

もしかしてここに来たのは私の反応を知りたくてわざと？

「あ、あの？」

「何？」

「用事があったんじゃ……」

「今日はもういい、また改めて」

そう言ってベビー用品売り場を後にした。

無言のまま駐車場に到着。

車のロックを解除すると、砂原部長は助手席のドアを開けた。

「乗って」

「は、はい」

私が車に乗るのを確認すると、砂原部長は運転席に乗り込んだ。

私がシートベルトをしようとすると、

「貸して」

と言ってベルトを装着。

——もしかして。

朝迎えにきてくれた時にも同じようなことがあったけど、それは私の体を気にかけてくれたから？

だとしたら私ったら本当に鈍感すぎる。

それにしても最初で最後の思い出作りにとデートしたけど、こんな形で終わってしまった。

明日からどうなるんだろう。

未婚の私の妊娠がバレたらみんなどう見るだろう。

もちろんこの先も、お腹の子の父親が誰かは絶対に言うつもりはない。

一つ気になるのは風間くんだ。

恐らく父親が誰なのかしつこく聞いてくるだろう。

万が一、風間くんが全てを理解した上で俺が育ててもいいなんて言ってくれたらどうしよう。

——あれ？

なんか私のマンションの方角じゃない。

ふと外に目を向けると、車は私の見たことのない景色の中を走っていた。

どこへ向かっているのか気になるが、正直聞けるような空気ではない。

車内は終始無言のまま。

一体砂原部長は何を考えているの？

景色は次第に住宅街へと変わった。

そして一際高い高層マンションへと入っていった。

もしかしてここは彼の住むマンション？

地下にある駐車場に車を停めるとエンジンを止め、砂原部長が車から降りると助手席に回り、ドアを開け私の手を取った。

エントランスにはコンシェルジュがいる。

同じマンションでも砂原部長と私では比較にならない。

こういうところでも格差を感じる。

それにしてもどうして私をここに？

エレベーターを待つ間も、私が逃げ出さないように？　手は握られたままだった。

エレベーターは四十五階で止まった。

一番突き当たりの部屋が砂原部長の住まいらしい。

「入って」

ここまできたら抵抗も何もないので素直にお邪魔した。

まず目に入ったのは私の家の何倍も広い玄関。

そして長い廊下の先にこれまた広すぎるほどのリビングダイニング。

恐らく一部屋だけで私のマンションの全居住面積の半分ぐらいの大きさだろう。

雑誌やテレビなどでは見たことはあったが、実際自分の目で見ると広すぎるリビングに圧倒されしまう。

大画面のテレビや一人暮らしには大きすぎるソファ。

色もホワイトとグレーでまとめられ、とても落ち着きと高級感がある。

さらに砂原部長との格差を見せつけられてしまう。

「殺風景で申し訳ない。忙しくて家具を揃えたりする時間がほとんどなくて、向こうに部屋があるんだが、まだ荷解きもできていないんだ」

少し恥ずかしそうに話す砂原部長。

でも私はどう返事したらいいのか困り、ただ小さく頷くだけだった。

そもそも私をここに呼んでどうしたいのだろう。

するとソファに座るよう促された。

砂原部長はというと、キッチンに入って何かを用意している。

正直ここに長居する気はない。

お腹の子は私一人で育てるって気持ちも全く揺らいでいない。

立場上私の存在がネックになるようなら、退職もやむを得ない。

でもそうだったら早い時期に言ってほしい。

じゃないとこの体で職探しはかなり厳しいし、場合によっては在宅でできる仕事を見つけなきゃならない。

「あ、あの……」

そう切り出したものの、なんて言えばいいのか言葉がフェイドアウトしてしまった。

砂原部長はマグカップを持ってテーブルの上に置くと私の隣に座った。

「ハーブティーらしいんだけどよかったら飲んで」

砂原部長の顔を見ると少し照れくさそうにしている。

「あ、ありがとうございます」

――あっ、これルイボスティーだ。

妊娠してから飲み物に気を使うようになった。

緑茶も好きだったけどカフェインが含まれているので、家ではルイボスティーを飲んでいる。

でもなんでここまで気を使ってくれるっていうか、なぜ砂原部長はこのお茶を？

聞きたい気持ちはあるけれど何か言えば何かを話さなくてはならず、そんなことを悶々と考えながらルイボスティーを飲んでいると……。

「俺、これ無理だな～」

なんともいえない空気を変えたのは砂原部長だった。

「え？」

びっくりして顔を上げると、

「やっとこっちを見たね」

砂原部長はマグカップをテーブルに置いた。そして……。

「このお茶は加地谷から預かったものなんだ」

「加地谷さん……からですか？」

ってことはまさか私のついた嘘がバレていたとか？

私が驚いていることをよそに砂原部長は話し始める。

「加地谷が、俺にこれをつぐみに渡してくれって言ったんだ。自分で渡したらって言ったらきっと受け取らないからって……その時まで俺は何も知らなかったんだ」

「加地谷さんは部長に何も話さなかったんですか?」

「ストレートには何も……ただ、あいつは俺がつぐみのことを好きだって知っていたから」

じゃあ、本当に何も言わなかったんだ。

「ただ、『彼女を泣かせんじゃないわよ!』ってこのお茶を渡されたんだ」

加地谷さん、大人すぎる。

「つぐみを早退させた時も、まさかつわりがひどかったなんて本当気づかなかったんだ」

「私はギリギリまで隠すつもりでいたので……」

「なぜ言ってくれなかったんだ。君の部屋に行かなければ俺は今も知らなかった」

どんなに優しい声をかけられても、私と砂原部長が共に歩く未来はないと思っている。

だから……。

「話すつもりはありませんでした」

嫌われてもいい。

好きな人に言われて傷つくより、自分で言った方が傷は浅いから。

もちろん、それで砂原部長が納得するはずもなく……。

「話すつもりはって……その子の父親は俺だ」

砂原部長は私に確認もせず、言い切った。

「たとえそうだとしても、ご迷惑をかけるつもりはございません」

「迷惑だって……俺が迷惑していると思っているのか？」

砂原部長が語気を荒らげた。

表情は今まで見たことのないほど怒りと悲しみに満ち溢れていた。

「……」

「確かに迷惑な話だな」

――やっぱり。

だから知られたくなかった。

こうなることは容易に想像できたから。

でも直接迷惑と言われるとショックだ。

もう話すことはないし、元々私一人で育てると決めている。

そう思い、立ち上がろうとしたその時だった。

「こんな大事なことを今まで黙っていたこともそうだし、何よりつわりや将来のことで悩んでいたことに何も気づかず、ただただ君を口説いて自分のものにしようとしていた。本当に君からしたらいい迷惑だったよね。ごめん」

砂原部長が深々と頭を下げた。

私はというと、てっきり嫌味でも言われるのかと思ってたから、ごめんと言われてどう返事したらいいのかすぐに言葉が出てこなかった。

でもこんなことを言ってくれたのに、それでも隠しているのはフェアじゃないと思った。

私は大きく深呼吸をするとまっすぐ彼の目を見た。

「そうです。この子の父親はあなたです」

続けてこれまでの経緯を説明した。

妊娠に気づいたのは再会する前だったこと。

その時からこの子を産まない選択肢はなかったこと。

この子の父親である砂原部長が私の上司となって現れたことは想定外だったこと。

未婚の母になる覚悟はできていたが、会社の人に話すタイミングはお腹が目立ち隠しきれなくなった段階でと思っていたこと。

だけど妊娠が発覚すれば、いろんな人に迷惑をかけてしまう。

そのことを誰にも相談できなかった。

親友にさえも……。

砂原部長は私の話が終わるまで黙って聞いていた。

そして話が終わると、俺にも話をさせてくれと前置きをし、話し始めた。

「君と初めて出会った時、まさか同じ会社の人間だとは知らなかった」

ただ話をしているうちに話題が、私が担当しているキャラクターの話になった時に偶然にも同じ会社の人だと知ったのだ。

しかも自分がそのキャラクターの人気を全国区にしたことが、父親である社長に評価され、本社に戻ることを許された。

「あの日は本社からの帰りで、つぐみが来るまで岡崎たちと飲んでいたんだ」

「そうだったんですか？」

私の知らない事実に驚きを隠せなかった。

「岡崎が帰った後、一人ホテルで飲むのもつまらなくて、もう少し飲んでから帰ろうと思っていた矢先、君が現れた。話をしていくうちにもう、運命しか感じなかったよ」

でもだったらなんであの時……。

「運命だっていうのならなんで名前も告げず、先に行ってしまったんですか？」

砂原部長が頭を下げた。

「すまない。もっと一緒にいたかったんだが、母方の祖父が倒れたって聞いて急いで実家に行かなくてはならなくて」

「……そうだったんですね。それでお祖父様は？」

「大丈夫だった。今は毎日畑仕事やって、兄貴の店に野菜を卸《おろ》しているよ」

よかったとホッとしていると、砂原部長は私の手をギュッと握りしめた。

「言い訳になるかもしれないが、自分の部下として近いうちに君と再会できるとわかっていたし、名前を明かさず、驚く顔が見たかったんだ。だって一夜限りなんて軽い男だって思われたくなかったし……でも結果的にはそう思われても仕方ない――」

「違います。じゃなきゃ私はあの時一緒にいませんでした」

「つぐみ？」

「部長と出会ってこの人が運命の人かもって思ったんです。だけどこの人とは赤い糸じゃないんだって……でも後悔はなかった。部長との新しい命が宿っていると気づいた時も素直に嬉しかった」

そう、砂原部長と一緒になれなくてもお腹の子がいてくれるから……そう思い込んでいた。

だけど砂原部長との再会で、私は頭ではわかっていても気持ちはどんどん欲張りになっていた。

アプローチしてくれたのに、それをずっと避けていた。

その反面、砂原部長が私以外の女性と仲良くしているとすごく嫉妬して。

そんな中途半端でわがままな自分がすごく嫌だった。

「なぜ君は俺を受け入れてくれないんだ？　君の言葉を聞く限り君は俺のことを――」

「格差です」

「え？」

「先日部長は私の住んでるマンションをご覧になりました。どうです？　部長の部屋と私の部屋全然違いますよね。部長のご両親は我が社の社長。そんな方と私とじゃ格差がありすぎるんです」

砂原部長はきょとんとしたまま私を見たかと思ったら急にくすくす笑い出した。

「な、何がおかしいのですか？　私は事実を――」

「おかしいよ。いやくだらないな」

「くだらないって……」

「いや違うな。ちょっとがっかりだよ。俺をそんな男としか見ていなかったってことがさ」

「部長……」

「俺は君のことを遊びで抱いたんじゃない。確かに世の中には相手の出自や環境をとやかく言う輩《やから》もいるだろう。だけど俺の両親はそんなことで結婚相手を決めるような人じゃない」

もしかして私って砂原部長に失礼な態度ばかり見せていた？

そうかもしれない。

傷つくのが怖くてそれを回避しようとし、赤い糸とか黒い糸で区別することで納得させていたのかもしれない。

「ごめんなさい。確かに勝手な思い込みはありました」

「じゃあ今から言う質問に正直に答えてほしい。君は俺のことをどう思っている？」

私を見る砂原部長のまっすぐな目に、嘘はつけないと思った。

「好きです。だからこの子を授かった時、本当に嬉しかった。あなたに会えなくてもあなたが近くにいる気がしたんです」

「じゃあ、俺たちが一緒にならない理由は何一つないんじゃない？　お互いに思い合い、そしてこのお腹の中には二人の大切な宝物がいるのだから」

何？

夢でも見ているのかしら？

今自分の身に起こっている状況についていけない。

そんな私に追い打ちをかけるように砂原部長は続けた。

「まだ安定期に入っていない君を一人にしておくわけにはいかない。今日からここに住んでもらう」

「え？」

私の驚きように砂原部長の眉がぴくりと動く。

「なんでそんなに驚くんだ？」

「驚きますよ。だって全てがジェットコースターみたいで」

「仕方がないだろう、今まで君が俺に黙っていたのだから」

確かにそうだけど……。

こんな展開になるなんて思ってもいないし、それに……。

素直になれないのは、心の奥で砂原部長が私の赤い糸なのかと思っているから。

わかってる。

彼は黒い糸なんかじゃないってこと。

だってここまで私を大切にしてくれた人は砂原部長だけ。

それでも躊躇してしまうのはこれが夢じゃないかって思っているから。

自分がこんなに幸せになっていいの？

「本当に私でいいんですか？」

自分でももっと他に言葉があるだろうと思うのだけれど、これしか出なかった。

「本当に、とかじゃなくて最初から君しか見ていないんだが、それだけじゃ不満か？」

私は勢い良く首を横に振った。

「不満なんてとんでもない。ただ私、こんなに誰かに大事にされたことがなく――」

話を終える前に私は彼に抱きしめられていた。

「俺が君と、これから生まれてくるこの子を全力で大切にする」

彼の体温が伝わる。

暖かくて大きな腕に包まれて幸せを感じる。

「私、幸せになってもいいんですか？」

顔を彼の胸に埋めながら尋ねた。

「当たり前だ。だからもう絶対に離さない」

甘い言葉なんて要らなかった。

だって抱きしめられただけで彼の想いが伝わったから。

【遅くなったけどこの人があなたのパパだよ】

私はお腹の子に語りかけた。


それから私の生活は大きく変わった。

最低限必要なものだけを持って、今まで住んでいたマンションからこの高級高層マンションに移り住むことになった。

だけど私にはまだ大きな問題が残っていた。

6　運命の赤い糸

「その後つわりは？　まだ続いてる？」

「つわりは終わりました」

不思議なことに棗さんと暮らすようになった途端、私のつわりはぴたりと治まった。

今思えばきっと妊娠以外の悩みが私のつわりを悪化させたのかな？

現在妊娠五ヶ月（十七週目）、安定期に入った。

今まで妊婦健診は一人での受診だったが、今回から棗さんも一緒だ。

担当の先生は棗さんを見て、

「素敵な旦那さんね」

と言ってくれたが恐らくそれは本音だろう。

棗さんは初めて赤ちゃんの様子を見てとても興奮した様子。

赤ちゃんの大きさは十三センチにまで成長しており重さは百四十グラムぐらいあるそうだ。

棗さんはメモをとりながらこれから気をつけることを私以上に質問していた。

私のお腹も少し目立つようになった。

親族以外私たちの関係や私が妊娠していることはまだ誰にも知られていない。

いや、一人だけいた。

加地谷さんだ。

ある意味彼女は私たちのキューピットだ。

加地谷さんが棗さんに言わなければ、今も私は一人で悩んでいただろう。

そんな加地谷さんも、私が未婚ということもあり、告知はタイミングが大事とアドバイスをくれ、

「この件に関しては砂原くんに一任した方がいい」

と言われた。

だんだん普通の服だとウエストがキツく感じるようになってきた。

チュニックなどのふわっとした服を着ているのでまだバレてないけど、時間と共に気づかれてしまう可能性が増す。

誰かに噂される前にちゃんとみんなに報告するのが今の課題だ。

相変わらず仕事は大変だけど、安定期に入り、今のうちにやれるところはやらないと、と頑張っている。

家に帰ると今までの分を取り戻すかのように甘えている。

実は今週末に棗さんのご両親に会うことになっている。

といっても妊娠の報告と結婚の許しはすでに得ている。

すごく緊張したが、本当に気さくな方で、仕事には厳しいが嫁には甘いらしい。

「女っ気が全くなかったから心配していたんだが、安心した」

「今時授かり婚なんて珍しくないし、私たちにとっては初孫よね。あ～楽しみ」

とこっちが拍子抜けするほどの歓迎ぶり。

私の両親も似たようなものだった。

まず母は、棗さんを見るなりドッキリでしょとかレンタル彼氏でしょ？　と全く信じてくれず、レンタル彼氏扱いを受けた棗さんはいい迷惑だ。

妊娠にはびっくりしていたし、教えていなかったことでお叱りも受けたけど、私が結婚しそうにないと諦めていただけに心から喜んでくれた。

今週末にお兄さんのレストランで棗さんのご両親と会うことになっている。

身内だけでお祝いをしてくれるそうでとても楽しみにしている。

棗さんは本格的にお腹が大きくなる前に、ちゃんとみんなに私たちのことを話したいと考えている。

だけどその前に私にはやらなければいけないことがある。

風間くんへの返事だ。

なかなか返事のタイミングが掴めずにいたけど、みんなに報告する前に話しておきたいのだ。

もちろんこのことは棗さんも知っている。

「彼に話をした後にみんなへの報告をすることにしよう」

と言ってくれた。

結婚と妊娠の報告をみんながどう思うか……。

そんなある日、自宅に戻り食事を終えた後、私はバッグの中から小さな巾着を取り出した。

「それ何?」

「これですか?」

そう言って私は中身を取り出した。

淡いピンク色の石……ローズクォーツだ。

「石?」

「はい。でも正確にいうとパワーストーンって言うんです」

石にもそれぞれ特性があること、そしてこのローズクォーツが恋愛運を高めてくれるといわれていることを説明した。

「友人に勧められたんです。『騙されたと思って持ってなよ』って……きっと自分の赤い糸が見つかるからって……で、見つけちゃいました」

「俺？」

棗さんは自分を指さした。

「はい」

「ローズクォーツね。でも俺はそんなものなくてもつぐみを見つけたよ」

「そうかもしれないけど……私の過去は黒い糸まみれだったからこの石は魔除けにもなったの。きっとこの石があなたを導いてくれたんです」

「だとしたら感謝しなきゃな……ああっ！　そうだ」

「え？　何？」

棗さんは興味津々だ。

私はスマートフォンケースの中から一枚のメモを取り出した。

あれから結構時間が経っているからメモの端はヨレヨレになっているが私にとってこれもお守りだった。

「これ……」

棗さんがクスッと笑った。

「二度と会えないって思って、お守りがわりにずっと持ってたんです」

「捨てられていると思ってたよ……」

驚きを隠せない様子の棗さん。

「あんな別れ方をしたから最初は単なる遊び相手に思われたのかなって思ったんです。名前書いてなかったでしょ？」

「だからそれは――」

「わかってます。でもその時はそう思って……だから怖くて電話をかけられなかったんです。でも棗さんのことが忘れられなくて捨てられなかった」

すると棗さんはメモを感慨深く眺めた。

「で？　これはもう要らない？」

私は首を横に振った。

「え？　近くに俺がいるのに？」

私は大きく頷いた。

「これは私にとってお守りのようなものだから」

「……お守りね」

「はい」

するとメモを私に返した。

「じゃあ俺もお守り欲しいな」

ちょっと意外な感じがした。

でもお守りって……渡せるようなものはないし。

「お守りってどんなものがいいの？」

すると彼がニヤリと笑った。

「別にものとは限らない。俺の場合はこれ」

そう言うと私との距離を縮めた。

「な、何？」

「俺のお守りはこれ」

棗さんが私の首筋に唇を当てた。

何をしようとしているのすぐわかった。

「ちょ、ちょっと棗さん？」

「ん？」

「そうじゃなくて、首はやめて。隠すの大変なの。それにこれがなんでお守りなの？」

抵抗したものの首筋に吸い付くようなキスをされ、すぐに鏡で確認するとしっかりと痕がついていた。

「棗さん！」

口を膨らませ怒ってみるも効果はゼロ。

「つぐみを守るためのお守りが俺のお守り」

よく見ると微妙な位置につけられ、確実に服を選ばなきゃいけない。

以前もこのキスマークを風間くんに指摘されて、ごまかすのが大変だった。

「いやいや、私妊娠しているし棗さんが思うほど全くモテませんから」

「でもそのことはまだ誰も知らないだろ？」

「そうだけど……私は棗さん以外見えてないから」

「本当に？」

「本当です」

「じゃあ証拠見せて」

またこのパターン。

誰が決めたか知らないが、いつの間にか証拠として私からキスする流れになってしまっているのだ。

だけど全く慣れず、毎回緊張する。

「つ・ぐ・み」

こうやって私に催促する棗さん。

会社ではバリバリ仕事をこなし、私にも容赦ないダメ出しを浴びせるけど、プライベートでは甘々で私から離れようとしない。

このギャップに私は完全にやられてしまっている。

「棗さんはズルイです」

「なんで？」

余裕たっぷりの眼差し……完全にお手上げです。

「こういうところがです」

そう言って私は自分から唇を重ねる。

でもわかってる。

私のキスなんて子供騙しだってこと。

リードしていたはずの私はすぐにリードされる側になっていた。

棗さんの腕が私の腰に回るとぐいっと引き寄せられた。

「まだまだ勉強が足りないな。自分からするのならこのぐらいしてくれないと」

そう言うとすぐに唇を塞がれた。

滑り込むように彼の舌が入ってきて、私の舌先を転がす。

口内を散々弄び、歯肉をなぞられ、彼でいっぱいになる。

何度も息が上がりそうになるのに、こういう時だけ容赦してくれない。

そんなハードルの高いキスを私に求めようとするのだから、やっぱり棗さんはズルい人。

だけど私は自信を持って言える。

私は一番の幸せ者だって。

週が明け、カオリンと軽い打ち合わせをしていると、風間くんが入ってきた。

「おはよう」

「……おお……おはよう」

いつもと違う歯切れの悪い挨拶にアレっと風間くんを見ると、なんだか不機嫌そうな様子。

「芦原ちょっといいか？」

返事をする間もなく突然私の手を掴んだ。

「ちょ、ちょっとどうしたの？」

助けを求めるようにカオリンを見るが、なんだか顔をニヤつかせている。

――ええ？

完全に勘違いされてる。

「ねえ、どうしたの？」

そう尋ねても風間くんは何も答えてくれないどころか、明らかに怒っている様子。

私、何かした？

あっ……している。

まだ返事をしていない。

でも不機嫌なのはそのこと？

今までずっと返事は急いでないって言ってくれてたけど……。

資料室の中に無理やり入れられると、風間くんは苛立ちを露わにし、唇を噛んでいた。

「ねえ、一体どうしたの？」

「お前、週末砂原部長と何してた？」

「え？」

驚く私をよそに風間くんは話し続ける。

「しらばっくれてても無駄だ。俺は見たんだよ。土曜日にお前と部長が手を繋いで病院から出てくるところを」

風間くんの私を見る鋭い眼差しは、普段の彼からは想像できないほどだった。

――どうしよう。

風間くんにはみんなに報告する前にちゃんと話そうと思っていたけど、まさかこんな形でバレるとは思っていなかった。

「部長とはどんな関係なんだ？」

私は意を決し風間くんの顔をまっすぐに見た。

「風間くん、実は私――」

全てを話そうとしたその時だった。

資料室のドアが開いた。

びっくりして振り向くと棗さんが入ってきた。

「砂原部長……どうしてここに？」

風間くんの低く冷たい声に緊張が増す。

棗さんは私を見るとゆっくり頷いた。

俺に任せろということだった。

「彼女とは結婚を前提に付き合っている」

棗さんがそう告げると風間は顔を引き攣《つ》らせた。

「そ、そうなんですか……でも結婚っていくらなんでも早くないですか？」

「君の気持ちを知っていながらすまない」

棗さんと私が頭を下げたのは同じタイミングだった。

「さぞ面白かったでしょうね。俺、みんなに芦原とのこと相談してたし、っていうかここまで返事を引き延ばすって……笑かすなよ。なんでもっと早く言ってくれなかったんだよ」

押し殺したような風間くんの声に胸がズキズキと痛みだす。

「ごめんなさい。私、彼の子を妊娠しているの」

風間くんは目を見開き無言で私をじっと見つめた。

しばらくの沈黙の後、風間くんがぼそっと呟く。

「妊……娠？」

私は大きく頷いた。

「部長と私は、部長がまだ名古屋支社にいた時に知り合っていたの。その時は自分の上司になる人だってことは全く知らなかったし、この子の存在は最近まで誰も知らなかったの」

すると風間が棗さんを睨んだ。

誤解を招きたくなくて話を続けた。

「私ね、この子を一人で育てるつもりだったの。風間くんから告白された時はつわりがはじまった頃で……もっと早くに返事をしたらよかったんだけど未婚で出産なんて知れたら大変って思ってギリギリまで黙っているつもりだったの」

「なんだよそれ……っていうか部長は本当に知らなかったんですか？」

「事実を知ったのは、会議で早退したことがあっただろ？　あの時だった。俺が気づかなかったら彼女は本当に一人で生んで育てるつもりだったんだ」

話を聞いた風間くんは呆れた顔で私を見た。

「お前何考えてるんだよ……」

そう言って大きなため息をついた。

「ごめん、今思うと無謀すぎたって反省してる。でも不安だったの」

「不安って何が？」

これを言えばまた呆れ顔されるのはわかってた。

が言わざるを得ない。

「だから赤い糸？」

案の定、盛大な呆れ顔をお見舞いされた。

「そんなの悩む以前の問題だろ。好きになって子が授かって、キスマークつけるほどの男が赤い糸じゃないわけないだろ」

「え？」

今日は完全に首は見えない服だけど？

ってことは……以前の。

「いつも髪の毛を縛っているお前が髪を下ろして、疲れが首に出て指で押してたら痕がついた……なんてなるわけないだろ？　嘘が下手すぎなんだよ」

それを聞いていた棗さんが横でくすくす笑ってる。

「ごめん」

謝る私をじっと見つめる風間くん。

「あ〜あ、妊娠してるって言われたら諦めるしかないじゃん」

「風間くん」

すると風間の視線は棗さんに向けられた。

「部長、こいつ暴走するくせあるから注意しておいてくださいね……それと俺が惚れた女を不幸にしたら俺、奪いに行くんで」

そう言って風間は深々と頭を下げた。

「彼女のことは一生かけて幸せにする」

「風間くん！」

風間くんの想いの深さとか、自分の行動で迷惑をかけたことなどいろんな思いがブワッと胸に来て涙腺が崩壊しそうになる。

「そんな泣きそうな顔するな。今日も打ち合わせで忙しいから……ってことで俺先に行きます」

そう言って風間くんは資料室を後にした。

私は歯を食いしばって溢れそうになる涙を必死に堪えていた。

すると棗さんは小さく、

「もうみんなに報告してもいいんじゃないか？」

と囁いた。

「……はい」

そう答えると、抑えていた涙がこぼれた。

棗さんは頬を伝わる私の涙を手の甲で拭った。


翌日、棗さんはガールズ事業部のみんなを集め、私との結婚と妊娠を発表。

寝耳に水の出来事で、その驚きようはすごかった。

特にカオリンは風間くんと棗さんを交互に見ては、

「ええ?」

と驚きを露わにした。

だけどそれ以上に私の妊娠にみんなはとても驚いていた。

誰もが気づかず、まだ信じられないと言う人も。

だけどみんなとても私たちの結婚を喜んでくれたことが嬉しかった。

私はその後産休に入るまでしっかりと仕事をした。

新作のキャラクターたちの評判も良く、ゲームアプリの開発も本格的に始まった。

カピーシリーズの担当は私から、産休に入る少し前から風間くんが受け持つことになった。

そして私たちの入籍は妊娠六ヶ月に入った頃、結婚式は私の妊娠もあり両家の親族のみで執り行った。

もちろんお兄さんのお店で……。

やがて臨月を迎えた私。

「つぐみ！　大丈夫か？」

予定日より三日早くその時は来た。

陣痛が強くなり棗さんの運転で病院へ向かう。

「大丈夫だよ……あっ、いった――」

「つぐみ？　俺がついているから」

妊娠していることを知った時、絶対にこの子を産んで一人で育てるって決めていたけど、もし本当にそうなっていたら私はどうなっていただろう。

一人で産む怖さと、一人で育てなきゃいけない不安に押しつぶされそうになっていたかもしれない。

今大好きな人がそばにいて、その人と一緒にこの子の誕生を見届けることができる。

診察を受けると、すぐに分娩室へ移動することに。

もちろん棗さんも出産に立ち会ってくれた。

大好きな人が一緒に赤ちゃんの誕生の瞬間に立ち会うなんて、少し前の私には想像できなかった。

「おめでとうございます。元気な女の子ですよ」

助産師さんの言葉と無事に出産できた喜びに私の目から大粒の涙がこぼれた。

「つぐみありがとう」

「私こそ……ありがとう」

今思えば私にとって赤い糸は間違いなく、棗さんあなただった。

ファーストインスピレーションは間違っていなかった。

そして私たちの前に生まれてきてくれた子も間違いなく私たちの赤い糸だ。

END

あとがき

望月沙菜です。

この度は『妊娠したのは秘密ですが、極上御曹司の溺愛に墜ちて絡めとられました』をお手に取っていただきありがとうございました。

今作は赤い糸と黒い糸を大きなテーマにした作品です。

実は私が主人公のつぐみぐらいの年齢の時に、ある雑誌で赤い糸と黒い糸を特集していたんです。

それには自分の生年月日から割り出した自分の赤い糸の誕生月、黒い糸の誕生月が書いてありました。

もちろん私もこんなの当たるわけないじゃん。って全く信じてなかったんですけど……。

私は見事に黒い糸を引いちゃいました。

もちろん過去にですよ。

そんな経験もあり、いつかこれをお話にしたいと思っていました。

それがやっと形にできて私としては大満足です。

執筆中は七歳のデカピンのハチとお正月に迎えた現在七ヶ月のトイプーのナナに振り回され、隣ではマンション建設の騒音に耐えながら、相変わらずの遅筆を発揮しておりました。

こんな私に根気強く付き合ってくれる担当さんや編集部のみなさん。

この作品に携わった全てのみなさまには感謝しかございません。

そして今回イラストを担当してくださった沖田ちゃとら先生。

赤い糸の絡み具合が最高に素敵でした。

本当に素敵なイラストありがとうございました。

ファンレターの宛先

マーマレード文庫をお買い上げいただきありがとうございます。
この作品を読んでのご意見・ご感想をお聞かせください。

宛先 〒100-0004　東京都千代田区大手町 1-5-1 大手町ファーストスクエア
イーストタワー 19 階
株式会社ハーパーコリンズ・ジャパン　マーマレード文庫編集部
望月沙菜先生

マーマレード文庫

妊娠したのは秘密ですが、極上御曹司の溺愛に墜ちて絡めとられました

2023年7月15日　第1刷発行　定価はカバーに表示してあります

著者　望月沙菜　©SANA MOCHIZUKI 2023
発行人　鈴木幸辰
発行所　株式会社ハーパーコリンズ・ジャパン
東京都千代田区大手町1-5-1
電話　03-6269-2883（営業部）
0570-008091（読者サービス係）
印刷・製本　中央精版印刷株式会社

Printed in Japan ©K.K. HarperCollins Japan 2023
ISBN-978-4-596-52132-3